第五證人

作／寧悅淩
繪／Nuda

聯時日報

校園安全死角？

誠宜中學四名女學生陳屍於宿舍

【記者陳思欣／臺北訊】

私立誠宜中學於昨晚七時許發生慘絕人寰的重大命案，四名女學生被同寢室友發現陳屍於寢室中，死狀悽慘。

四位死者均為同班同學，宋姓與趙姓女學生疑似食用遭人下毒的餐點，宋姓學生毒發身亡，趙姓女學生則在毒發後遭勒斃；張姓女學生無明顯外傷，疑似窒息而亡；林姓女學生腹部有多處刀傷，失血過多而死。

警方調閱校內監視器後，已排除校外人士闖入校園內的可能性；同時校方亦檢查了學生餐廳當晚提供的餐點，確認校內無其他學生出現身體異狀，因此宋姓與趙姓女學生所食用的餐點應是從餐廳攜出後才遭人下毒。

案發當時並無其他目擊證人，而該間寢室內唯一倖存的陳姓女學生，是在回到宿舍以後才發現四人的屍體，也因為驚嚇過度而昏迷，目前送醫急救中，無法提供更多與案件有關的線索。一切詳情需等驗屍報告出爐後，才能做進一步的案情調查。

誠宜中學位在知名文教區內，該區治安一向良好，多年來都未發生重大刑事案件。此次案件傳出後，引起各界高度重視，學區內家長人心惶惶，深怕自己的孩子也捲入風波之中。

警政署長已於今日中午召開記者會，表示一定會在最快時間內查清真相。

目錄

第一證人

宋玉婷

資優生的頭銜不是我要的，是這個世界的夢想。
我為世界圓夢了，它卻毫不遲疑地將我推落懸崖，
我的人生、夢想、期待，在落地的那一刻徹底粉碎。
他們甚至不願意聽我說：
我要的，不過只是愛而已。

1來自未知的對話紀錄

【對話紀錄1】

♥詩涵♥：老師，雖然有點冒犯，我還是想請問，您和宋玉婷在交往嗎？

XINXUE：怎麼可能？妳為什麼會這樣懷疑呢？

♥詩涵♥：婷婷某次跑出寢室忘了關電腦，我不小心看到對話紀錄。

♥詩涵♥：那些對話，很明顯的是情侶的對話。

♥詩涵♥：你稱她小婷寶貝，對吧？

♥詩涵♥：怎麼不回應了？

XINXUE：……還有其他人知道嗎？

♥詩涵♥：我當然知道這件事會引起軒然大波，我誰也沒說，包括婷婷。

XINXUE：所以，妳發訊息給我的目的是？

♥詩涵♥：我不想傷害婷婷，其實我也很矛盾。

♥詩涵♥：但您應該知道，大考就要到了。

♥詩涵♥：這個時候真的不應該影響到我們準備考試的情緒。

XINXUE：妳是擔心，玉婷的成績受到影響？

♥詩涵♥：上次段考，婷婷還是拿了第一名，但是，那只是段考。

XINXUE：詩涵，妳的意思是？

♥詩涵♥：我應該告訴我爸媽的，畢竟你們的事要是傳出去了，對校譽是很不好的，爸爸也很忌諱這樣的事。可是一旦告訴爸爸，學校為了保護學生，可能會要求您離開。

XINXUE：妳就直說吧，詩涵，妳在想什麼？

♥詩涵♥：如果不要再讓別人發現的話，您認為最好的方式是什麼？

XINXUE：……讓我想一下。

♥詩涵♥：希望您可以諒解，婷婷是我的好朋友，我不會傷害她的。但是你們都在拿自己的前途冒險，她是全班最有機會考上T大的優秀學生，而您的教學評鑑一直都非常好。

♥詩涵♥：所以，為了你們彼此的前途著想，請先分開吧。

♥詩涵♥：我真的是為你們好才這樣說的。

♥詩涵♥：否則，事情一旦傳出去，她大考一定會失常，您也會失去工作的。

【對話紀錄2】

XINXUE：我和玉婷說清楚了。

❤詩涵❤：我想是的，婷婷這幾天看起來心情都不太好。

XINXUE：妳發訊息給我的事，我沒有讓她知道，我只說要先分開。

❤詩涵❤：我明白，我會好好照顧婷婷的。

XINXUE：希望這件事就到此為止，不要傷害到玉婷。

❤詩涵❤：你放心，我誰都不會說的。

XINXUE：請妳多幫忙注意玉婷的狀況。

❤詩涵❤：我知道，你不用擔心。

※　※　※

兩個對話紀錄的截圖，從一個未知的帳號傳來。

我反覆把對話紀錄看了好幾次，但沒有回覆隻字片語。因為對方肯定是想隱藏身分，才會使用完全沒有資料紀錄的帳號。他的目的是要我知道對話紀錄裡的「真相」，他做到了。其他的，也無需再多說什麼。

而我，從收到的「真相」中得知，我失去了愛情，並不是因為做錯什麼，也非先前所猜測的：我所愛的人已經不愛我了，或是有了其他的新對象。

只是因為我朋友的一句話。

雖然有些出乎意料，畢竟我對這次的戀愛，一直都隱藏得很好，但如果愛情之所以毀滅，是因為趙詩涵，也實在不足為奇。因為從高二開始，已經不只一次發生類似的事了。

那時，參加校際科展的緣故，我們有很多機會和其他學校的男同學交流。那些男孩之中，不乏對我感到興趣、而我也欣賞的。然而，不管是與他們交換過LINE私下聊過一段時日，還是曾經在校外約見過，最後，他們多半都會轉向趙詩涵，對她萌生好感。

每次得到這樣的結果，心中不免會有些氣惱，因為我確實很想好好談一次戀愛，體會受人重視與保護的滋味。還有，無數愛情小說裡都說過的：心中因為有一個特別的存在，靈魂因而感到溫暖的感覺，到底又是怎樣的？

我想知道。

可是，因為趙詩涵，我觸及過的機會，終究會成為泡影。

我又能說什麼呢，她的條件一直都比我好太多。

趙詩涵家境富裕，父親是知名集團執行長，也是學校董事之一，對校內多有投資與貢獻。所以在學校裡，趙詩涵總是會受到老師們的特別關注。

她的課業表現也十分亮眼，每學期的總成績大都是在全班前五，且有多次參加科展比賽得獎的紀錄；即使就讀理組，她還能彈得一手好琴，舉辦過多次發表會，得到許多掌聲與讚賞。

她的日常生活，更是一般人無法想像的優渥。

每週五可返家的時候，她有高級房車專人接送；她的一切生活用品，都是我家絕對無法負擔的高級品牌，比如我的鉛筆盒，是無印良品的基本款，不過一兩百元，她的卻是國外知名的設計師品牌，價值至少是我的一百倍；此外，她的日常衣物，包括最基本的休閒服，同寢室的張怡慧曾經詢問過價碼，答案讓我吃驚不已：那近乎我爸半個月的薪水。

她也常有出國的機會，每當長假結束，她總會帶回讓人眼花撩亂的紀念品，分送給班上所有同學。巴黎鐵塔限量吊飾、日本晴空塔限定蛋糕、美國潮牌飾品……我們所收過的禮物，幾乎是她環遊世界的全紀錄。

她從不吝嗇分享，若有好吃的、好玩的，她會邀請身邊的朋友一起參與，也會細心記得每一個朋友的喜好，適時送上討喜的禮物。家境不好的張怡慧總是喜歡跟著她，好有機會體驗「有錢人」的享受。

最重要的，趙詩涵擁有每個女孩都渴望與羨慕的亮眼外型。一頭黑色的長直髮，因為能經常保養，確實如愛情小說裡典型的女主角一樣，是「烏溜溜」的。

至於她的長相，同學們都說她不輸給任何女明星，一雙杏眼可愛而清純，又透著高雅的氣質。不管她出現在哪裡，總是會率先成為眾人目光的焦點，接著便是一聲聲的「真的好漂亮啊！」

我並非其貌不揚，否則也不會被那些男同學搭訕，只不過當我與趙詩涵走在一起時，大概就是平凡人家的小姐和住在城堡裡的公主，那樣相形見絀的落差。試問當金碧輝煌的公主在場，眾人光是瞻仰她傾國傾城的美貌就夠了，誰還會在意她身後的普通人呢？

她不用多做什麼，自然有人心甘情願地追隨著她。

我唯一勝過趙詩涵的，只有課業。這是我唯一的專長與優勢，我的記憶力非常好，邏輯推演能力也不遜色，善於快速掌握課本裡的重點。其他同學需要三個小時才能讀完的進度，我通常一個小時左右便能完成，總是輕而易舉地拿到全班第一名。

然而，和趙詩涵其他的條件相比，我根本不算什麼。

我突然想起，高二上學期的某天，記得是剛結束段考不久後，從教室回到宿舍的路途上，趙詩涵看著手機上的訊息，發出了意外又帶點苦惱的驚呼：「哎呀。」

「怎麼了？」我問。

「有一個聖毅中學的男生和我告白。」她幽幽地說。

「這也不是第一個了吧？」我並不感到意外。

「我知道，只是覺得很可惜。」

「可惜什麼？」

「交朋友不是應該很單純嗎？」她搖搖頭，看起來很無奈的樣子：「但只要有人告白以後，常常連朋友都當不成。」

「因為對方會尷尬嗎？」

「是啊。」

「都沒遇過妳喜歡的嗎？」我想，以她的條件，眼光高也是正常的。

「我爸媽不會讓我在求學時期談戀愛的，我也沒有多想。」

「既然這樣，一開始就跟對方說清楚吧！」

「說過了。交朋友之前都會說，可是還是會發生這樣的事。」

她垂下纖長的眼睫，那副模樣無論哪個男孩看了，都會心動吧。

「受歡迎的人就是這樣囉。」我雖是這樣答，心裡卻很不是滋味。

我渴望許久的物事，她不費吹灰之力便得手，且毫不在意，因為是那些人自己要來招惹她的。

聊到這裡，她突然將話題一轉，問我：「看妳也有和幾個男孩聯絡，都沒有進展嗎？」

「都沒什麼結果呢。」

她不解地看著我，說：「怎麼會這樣呢？」

「大部分的，到最後都比較喜歡妳。」我露出勉強的笑容：「畢竟，一直以來妳都很受歡迎。」

「啊，對不起。」她急忙握住我的手，說：「我沒想到會這樣，真的就想說大家都是朋友，就沒有多注意。」

「沒關係的，不是妳的問題。」我非常清楚，自己是口是心非的。

「婷婷，妳不會誤會我吧？」她小心翼翼地看著我，又說：「我絕對沒有跟妳搶的意思。」

「我知道，妳不用擔心。」

聽完我的話以後，趙詩涵露出了放心的笑容。

「不過，有些男生跟我說過對妳的想法。」她試探性地問我：「妳想聽看看嗎？」

「是什麼？」

「他們覺得妳有點冷淡，有時候好像對他們的話題不感興趣似的。」

「嗯？」

班上的同學也曾經說過我「冷漠驕傲」，那也就罷了，因為跟在趙詩涵身旁，課業是我唯一能取得自信的地方，而我確實認為自己比其他同學優秀。

不過，面對同學和面對男生是不一樣的，我並不想表現自己高人一等，只是不敢太過於主動，以免被當成「花痴」。

怎麼在那些男孩眼中，我又是冷淡的人了呢？

「妳以後稍微主動一些，盡量找話題跟他們聊，就不會像先前那樣了。」她給我的建議，聽在我耳裡很像是得勝者對失敗者訴說的「勝利宣言」。

「我知道了。」

在女孩的世界裡，正面交鋒是不被允許的，從來都只有暗潮洶湧。

要是我說出實話，懷疑她在跟我較真，那麼，人際關係會變得很麻煩。趙詩涵會認定我是個城府深沉的人，居然連自己的朋友也不相信，因此與我疏遠。再來，被班上那些好事者發現以後，幾十張嘴巴就會不停地討論和詢問這些事。趙詩涵在班上那麼受歡迎，說不定我還會因此被排擠。

想到這裡，我便將那些心裡話硬生生地吞了回去。

之後，我裝作什麼都沒發生一樣，繼續當趙詩涵的朋友，如同過往。

然而，不管發生過幾次，趙詩涵都還是一樣，積極參加社團活動、校園聯誼，她很認真地「交朋友」，也依舊不停地帶走所有男孩的目光。當她看到我身邊有男孩圍繞時，總會以「好朋友」的姿態走過來，不著邊際地插入我們的話題。

手。

一次又一次，證實了過去的懷疑與推論：我莫名其妙地被趙詩涵視為競爭對手。

我不懂她的動機，難道她非要用這種方式，才能證明自己的魅力嗎？但是，除了學業成績之外，我所有條件都不如她，還不夠嗎？

我開始懷疑自己為什麼在高一的時候與趙詩涵成為朋友？是因為我們住在同一間寢室嗎？還是從她親切地與我說話開始？或者，是因為我不想像陳儀心一樣成為班上的邊緣人，才勉強地與她保持友好，好讓自己看起來不是孤單的？

無論當初我們成為朋友的原因是什麼，總之，在我終於找到所愛之人以後，趙詩涵再一次地以朋友之名，輕而易舉地破壞了。

※　※　※

我關上陌生人傳來的對話紀錄，打開另一個對話視窗。

視窗內一直靜止在這個畫面，已經好幾個禮拜了：

XINXUE：就先這樣吧，我們保持一些距離，私下就不要聯絡了。

TingTing：你始終沒有把話說清楚，為什麼？

TingTing：為什麼？

對照剛剛收到的對話紀錄截圖上的時間，他的確是在接到趙詩涵的訊息不久之後，對我提出了分手的要求。當時，無論我怎麼詢問、要他面對面說清楚，他都不肯給我正面回應，只是不斷說著要保持距離，我原以為他只是需要一點空間。

如今雖然我知道了真相，但仍抱著一絲絲的期待，相信遺憾是可以被改寫的。

我深吸了好幾口氣，開始在對話框上輸入文字。刪刪改改好幾回之後，才送出了一句話：

TingTing：如果是因為別人的威脅，我們能不能從長計議？

2 令人窒息的，這一切

砰啷。

房門外傳來激烈的碰撞聲，伴隨我媽劇烈的嘶吼，天崩地裂似的，打斷我糾結得如爛棉絮般的思緒。

如此戲劇化的激烈場面，是很平常的，宋家的日常。

為了避免一再看見這種日常，國中畢業之後，我本來考上了前三志願的公立學校，卻寧可選擇每週要住校五天的誠宜高中。一來，由於我的入學成績亮眼，高中三年都有高額的獎學金可拿，學費等於是全免的；二來，大部分的時間都待在學校，我的生活將能安寧些，不必再時時被捲入喧鬧的宋家日常之中。

可是，既然是宋家的日常，在我每週末回到家裡後，仍舊會「如期上演」。

「好啊，不如我去死嘛！我去死了你就不用這麼痛苦了！」我媽尖銳的嗓音就像是粉筆不當摩擦黑板後發出的刺耳聲響，既尖銳又惱人。

「吳佑寧，我拜託妳不要再鬧了好不好？」我爸的聲音難掩憤怒，但我知道他還在忍耐。

不過他的忍耐力也不會持續太久，通常只會比媽媽晚個二十分鐘爆發。

從我有意識以來，這對夫妻的彼此折磨，辱罵、冷嘲熱諷、甩門摔盤……就不曾在我的記憶裡消失過。

我很困惑，兩個人若是相愛，為何過得如此痛苦？若不相愛，何必要繼續耽誤彼此？問了他們，也只能得到千篇一律的「妳爸不懂」以及「妳媽就是那個樣子」之類的回應。

媽媽是很普通的家庭主婦，和爸爸結婚後的十幾年來，她沒有正職工作，也沒有特別要好的朋友。

生活中沒有其他的人事物能分散她的注意力，因此，她的每一天，都聚焦在家中的各種大小事上。她的視野漸漸變得像顯微鏡一樣，即便是一件雞毛蒜皮的小事，她都可以放大千萬倍後，開始吹毛求疵。

比如說：如果爸爸下班回家，忘記換上室內拖鞋的話，她會嫌他踩髒了她辛苦拖了一整天的地，根本不懂她做家事有多忙多累。如果我晚餐少吃了兩口菜，她會責怪我只顧著減肥，完全不顧慮她在廚房下的苦心，即便我那天只是月經來而胃口不好。如果我或爸爸回家時，沒順手把信箱裡的信帶上樓，她會叨念我們根本沒把這個家放在心上，連一件再簡單不過的事都做不了。

除此之外，她常常責怪天氣不照她的「規矩」來，讓她沒法好好洗衣服；她不喜歡樓下陳媽媽的女兒，因為她被對方稱為「伯母」而不是「阿姨」；她懷疑爸爸不跟她說話，是因為在外面有了女人；買菜時買貴了，她一定會詛咒老闆下地獄。

除了顯微鏡之外，媽媽也是一個無法轉緊的水龍頭，一直處在漏水狀態，那滴滴滴的每一顆水珠都是她的瑣言碎語。

她無法停止抱怨，不管有沒有人回應。

當滿滿的抱怨仍無法傾瀉她的情緒以後，她就會像現在一樣，來個「玉石俱焚」的大爆炸，嘶吼、摔東西、言語暴力……首先被攻擊的對象通常是爸爸。

爸爸是公務員，做著規律的工作、過著規律的生活，每天八點出門，七點前回家，多年來都沒有一絲變化。

我最常看見的，就是他吃完晚飯以後會一直坐在沙發上看著電視，直到睡覺時間。

有時候他一整個晚上都沒切換過頻道，就算畫面上播放著他根本不會感興趣的節目，他仍是直直地盯著電視機。慢慢地，我發現他似乎並不專注於節目的內容，而是純粹藉著面對電視，來逃避媽媽對他的注視。

他像很多人的爸爸一樣，負責工作賺錢，對家裡的事不太過問。他也不太跟我說話，我們兩個的關係很像是住在同個房子裡的室友，各過各的生活。

在沒有跟我媽互動的時候，我爸算是個沉默寡言的人。

每次媽媽開始「大爆炸」，爸爸會先嚴肅地要求她停止，但通常只會換得媽媽越來越激烈的措詞。什麼難聽的話，甚至是髒話，她幾乎都能口不擇言地說出。於是，沒有過多久以後，爸爸的理智就會被消磨殆盡，兩個人也正式開戰。

小時候我會被他們交鋒的火爆場面嚇到，哭著懇求他們別再爭吵。他們會因此沉靜片刻，但易燃易爆炸的互斥性卻從不改變，時間一到，就會再次爆發。

當我漸漸長大，也看了太多太多那樣的「日常」以後，就越來越麻木，眼淚少了、恐懼消了，變成一種很悶的感覺，好像有無數的大石頭壓在胸口。

而此刻的門外，兩夫妻激烈暴衝的日常仍舊持續著。

我不明白，為什麼他們能忍受十幾二十年來，都過著如此令人崩潰的夫妻生活？是還懷著一絲期待，因此不放開對方？還是對生活的全然絕望，認為離婚以後也不會過得更好，才拖著對方？

「我鬧？宋允承你摸著你的良心說話！」媽媽不甘示弱地回擊：「是我在鬧，還是你從來就沒有把我放在心上？那麼你去啊，你去找外面那個臭婊子，就當我死了！」

終於，爸爸提高了音量，吼了起來：「我每天準時回家面對妳這個蠻不講理的女人，妳還要懷疑？妳是不是要去醫院檢查一下有沒有被迫害妄想症？」

爸爸的吼聲，像一記爆雷，似乎連天花板都因此而震動。

我鬆開了緊緊捏住百褶裙襬的雙手，仔細拍平已經被捏得發皺的裙襬。

一般人坐在電視機前，觀看本土劇八點檔的時候都抱著怎樣的心情？也許會跟著劇情的推動，飆罵那讓人恨得牙癢癢的反派角色；或者因為猜中接下來的劇情而沾沾自喜。總之，他們會以旁觀者的角度，享受起伏不斷的劇情所帶來的娛樂性。

不過，我家這幾乎每天上演的八點檔，只讓我感到窒息。能呼吸的氧氣都被外頭火冒三丈的兩人燃燒殆盡，而我所在的房內，逐漸壓縮為要人命的真空狀態。

再不離開，我會缺氧而死。

我站起身，背上書包，拿起一旁整理好的行李，準備回學校去。

打開房門前，我冷不防地想起了他——和我說分手的那個人。在這麼吵雜且緊繃的環境之下，他的身影居然還是在我腦海裡揮之不去。

我停下腳步，從口袋裡拿出手機，確認是否有他的消息。

在發出剛才的訊息前，我已經把整個週末都花在等待上。雖然在理智層面，我早已覺悟，他不會再給我消息了。偏偏，我像強迫症患者一樣，沒過幾分鐘就拿起手機確認一次，好像只要有他的一通來電或是一封未讀訊息，就可以得到一個充飽氣的救生圈，免除溺死的危機。

可是，直到現在對話視窗還是沒有絲毫動靜，他沒有回應，也尚未閱讀訊息。除了幾分鐘前趙詩涵在我、她，還有張怡慧的三人群組裡傳了一句：「晚餐有吃飽嗎？等等我會帶消夜回去喔！是東區排隊名店的千層蛋糕！」之外，便再也沒有其他消息。

我將手機扔回書包，默默走出房門，突然有種四面楚歌的茫然感。不想留在家裡，也不想回到宿舍面對趙詩涵，我又能去哪裡呢？

沉思片刻後，還是先離開家裡吧，在外頭暫且找個地方，躲到不能再躲為止。關上房門以後，我淡淡地對著客廳內劍拔弩張的兩人說：「爸、媽，我先回學校去了。」

「現在就回去？」媽媽回過頭，暫停了對爸爸的攻擊。看著我，她帶著責備的口吻，說：「妳還沒吃飯欸！」

「妳還好意思問？」爸爸在她身後冷哼了一聲：「有時間找我麻煩就沒時間煮飯，全家都餓死好了！」

這下，戰火又點燃了，媽媽轉過頭，毫不客氣地對爸爸還擊：「欸，宋允承，你還真好意思？憑什麼煮飯是我的責任啊？你又知道你女兒沒吃飯了？你關心過她？」

「妳女兒這麼急著要回學校，是因為她不想看到她媽跟瘋子一樣……」

他們繼續脣槍舌劍，甚至連我開了門走出去，都沒有發覺。對他們來說，我有沒有吃飯，其實一點都不重要吧。

電梯門關上的那一瞬間，一個念頭掠過：愛應該是痛苦的吧？

即便我曾經很想證明這句話是錯的，但是我失敗了。

所以爸媽會繼續折磨彼此，而我失去了他。

3 落葉僅有下沉的餘地

我在捷運中山站一帶徘徊了好一會。

週日人潮凝聚在燈火通明的百貨區，喧鬧聲此起彼落，好似非要如此才能抵抗冬天的寒冷。

除此之外，街路上緊緊相依的情侶看起來也格外刺眼。他們的甜蜜，讓我陷入負面漩渦。為何他人得到幸福如此容易，我卻一無所有？

最後，我選擇躲開幾乎要將我滅頂的人潮，穿過赤峰街隱密的小巷弄，來到隱藏在平凡舊公寓二樓的書店。

書店樓下的入口處是很陳舊且窄小的木門，像是在古裝片裡會看見的柴房大門，帶著不堪一擊的陳腐氣息，也十分不起眼。然後，四周又無照明，若不是有意找尋，幾乎不會發現它的存在。

推開了破舊的大門，緩緩登上狹窄且陡峭的樓梯，光線終於又回到我身上。有別於樓下的昏暗破舊，書店內部十分明亮且溫暖，除了販售各類來自海外以及一般連鎖書局不易找到的書籍之外，店內也有供應餐點，可帶著書慢慢享用，毫無時間限制。

過去的每一個週日，我會在下午三、四點就離開家，與「他」在這裡見面。有時候會一邊吃飯一邊討論課業，但大多數的時間，都是在分享彼此的生活，像一般的情侶，珍惜依偎在彼此身邊的美好。

曾經，我可以忍受一週不間斷的校內複習進度、大小考試，以及回到家時爸媽的暴衝日常，只為了週日到來。因為我知道，只要咬牙把這些「麻煩」一一捱過去，在每週的盡頭，便能與他單獨相處，享受只屬於我和他的時光。

我要的也就是這樣而已。

可惜，現在無論我考完再多的試，甚或歷經多少次爸媽帶來的窒息感，那些可以期待的微小美好，都不會再出現了。

只剩下我一個人，在我們曾經緊緊相偎的地方。

我刻意以很緩慢的節奏吃完晚飯，拖到不能再拖，才準備回到學校。起身離開座席時，一段模糊但又熟悉的對話，像連發的衝鋒槍子彈，猝不及防地衝進我腦海裡。

「妳怎麼吃那麼慢？剛剛不是說肚子餓嗎？」雖是質疑，但那個聲音非常溫暖。

接著，是女孩的一陣燦笑，說：「這樣才能和你相處久一點啊。」

「妳怎麼這麼可愛啊，我又不會跑掉。」他回應女孩的音調裡，是滿滿的寵溺。

我回過頭，看著身後空蕩蕩的座席，原來剛剛那些聲音是來自記憶啊。

在我還沒意會過來以前，眼周浮現一陣礙事的溼，模糊了我的視線。

交心的陪伴只是過去，冷清的孤獨才是我的現在。

※　※　※

在宿舍放下行李後，距離門禁還有一段時間。

趙詩涵還沒回到宿舍，我突然有鬆了一口氣的感覺，隨即又覺得自己非常可笑。趙詩涵始終是會回來的，而我也勢必要面對她，逃不了的。

我很討厭這樣心煩意亂又沒有主張的自己，決定出去透透氣，等門禁鐘聲響了再回來。

「婷婷，妳還要出去嗎？」看我往門口走，張怡慧關切地說：「詩涵應該快要回來了，妳不一起吃宵夜嗎？她有說要帶排隊名店的蛋糕給我們欸！名店喔！」

有好吃的東西，張怡慧是從來不會缺席的。

她家中的狀況不太好，每一次趙詩涵帶給她的東西，食物也好，用品也好，都是她不曾見識過的，所以她很珍惜能體會這些「奢侈品」的機會。

我不像張怡慧那樣「好騙」，也不稀罕那些名貴的東西，而且在此時此刻，吃一塊蛋糕救不了我的低落，更何況那是趙詩涵買的！

「我有點悶，想出去走走。」

「妳怎麼了？是不是感冒了？」張怡慧擔心地朝我走了過來，說：「怎麼不請假一天再回來？」

張怡慧很單純，完全沒有意識到我所謂的「悶」和身體狀況無關。

「沒有感冒，只是想出去走走。」

「那我跟妳一起去。」張怡慧隨手抓起她掛在門邊的外套，挽住我的手，「蛋糕等熄燈後偷偷吃也可以。」

雖然對趙詩涵所提供的「物資」沒有抵抗力，在本質上，張怡慧還算是個熱心善良的女孩。聽說她家裡欠了幾千萬的債還沒還清，常常有債主上門找她父母追討債務。明明自己也過得不好，但只要看到需要幫助的人，她通常都會第一個衝上去。

她很多時候都傻傻的，很容易出錯，但我並不討厭她。因為她的存在，我才能逃離面對趙詩涵時那股自殘形穢吧？

此時站在我眼前的張怡慧，穿著一套破舊、滿是毛球的灰色休閒服，早已鬆弛的袖口掛著幾條脫落的線頭，這樣的衣服在我家會被我媽拿去陽臺當踏腳墊，不會再拿來穿了，可是張怡慧還是穿得挺自在的樣子。

此外，她的雀斑實在多到……用各種遮瑕霜也無法掩蓋的地步，她居然還把所有的頭髮都往後梳，在頭頂上用一個大大的髮夾夾住，把臉上所有的缺憾都「光明正大」地顯露出來。

除此之外，張怡慧無論是外表或課業，都比不上我和趙詩涵。

只不過，今天晚上我實在很想要一個人靜靜地待著，所以婉拒張怡慧的好意，承諾在宿舍熄燈號響前就會回來。

※ ※ ※

由於是週日晚上，返家的人幾乎都回到宿舍大樓了。

大樓四周，各式各樣來自於人的聲音，在我耳邊不停迴旋。平常我並不害怕熱鬧，現在卻特別渴望安靜，決定走到遠一點的地方去。

遠離宿舍大樓以後，還是有很隱約的、就像在圖書館看書時，有人用氣音交談的竊竊私語，音量不大，仍舊帶來煩躁感。

這時我才感到訝異，以前我都不覺得週日晚上的校園特別吵嗎？

走著走著，我刻意經過了他居住的宿舍大樓。

這棟大樓裝潢得比學生宿舍更為精緻，是近幾年才完工的新建築。入口處掛著一個顯眼的宮廷式雕花金屬標示，上頭寫著：教師宿舍。大樓內不如學生宿舍那般燈火通明，是因為教師們不需要強制住校，而住在宿舍裡的，也沒有門禁時間，很多住校的老師會在週一早上才回到學校。

我從來不曾進去過眼前的大樓。我才不會冒這種走鋼索一般的風險——一個女學生在放學之後走進教師宿舍，會被作多少文章？

然而，在他無聲無息地離開我以後，我只能選擇站在這裡，這裡可能是我與他最近的距離了。

不知道他回來了沒有？現在是否想著我？

就讓我站在這吧，一分鐘也好，我會試著找回一點面對明天的力氣。

站沒多久，路過的糾察好心地提醒我，千萬不可以靠近禁止學生進入的地方。

「同學，這邊不能逗留喔，趕快回去吧！」

「啊，對不起，我立刻離開！」我向糾察點了個頭，快步離開了。

最後，還是只能走到游泳池後方旁被樹蔭遮住的小角落。

這地方是高一散步時發現的，因為跟宿舍、教室都有一段距離，平常根本不會有人過來，附近也沒有加裝任何監視器，可說是校園內最隱密的死角。

每當我想要安靜的時候，就會偷偷跑來這裡，坐著聽聽音樂或發呆之類的；

和他交往以後，也曾經在這裡約見過他幾次，我還記得那時他懷裡的溫度，和現下的寒冷，對比格外鮮明。

與他相處的這一段日子以來，我們不曾像我爸媽那樣互相折磨，我也從不懷疑他對我的付出。從頭到尾，我想要的不過就是一個可以讓我真心愛他，而他也愛我的人。

我以為我找到了。

可是，沒了。

沒了。

「快要考試了，妳應該要用功讀書，我們先保持一些距離吧，這樣對妳我都好。」

就這樣，他走了。

公平嗎？

愛終究是讓人痛苦的。

一陣風吹過，捲起我眼前的枯枝枯葉。

枯黃的碎片在天空掙扎了一會，墜落在平靜的游泳池水面上。它漂流片刻後，就開始不停地下沉、下沉、下沉，直至無法看清的池底，徒留幾片灰濁的殘影。

就像我一樣，無依無靠，載浮載沉地掙扎，也不過是晚幾秒鐘沉淪罷了。

不行，我不想跟著枯葉碎片一起往下沉淪，最後被遺忘在池底，我現在應該要努力地往好處想：如果我繼續跟他在一起的話，也許十年、二十年之後，愛就會被時間消磨殆盡，我們之間的就會變得跟我爸媽一樣，每天待在同一個屋簷，只能以激烈的言語互相傷害。

愛到最後，如果都是這樣的境地，不如現在分開，至少可以將美好的記憶永遠凍存，不是嗎？

驀地，我的額頭被輕觸了一下。

我摸了摸瀏海，上面沾上了一片自樹上吹落的葉子。

才說要往好處想，馬上又起了不切實際的幻想，他要是坐在我旁邊，一定也會像這落葉一般，輕輕地拍拍我的額頭，笑著說：「不要為賦新詞強說愁，愛怎麼會是痛苦的？」

是的，他說過，只要兩個人好好相處，愛會讓人變得更富有。

包括無數次我無奈地和他分享家裡隨時一觸即發的火花時，他也會溫柔地告訴我，我爸媽一定還是相愛的，他們都想陪伴著彼此，只是不懂得用正確的言語與方式表達對彼此的關心。

他也說過，無論如何，我一定要先照顧好自己。我的人生還很長，首先要考上一所適合自己的學校，完善地規劃未來。

那時候，我是這樣回應他的：「再不出幾個月，我就是大學生了，到時候我會離開家，去尋找屬於自己的人生，也會好好地跟你在一起。」

「但是，家人是一輩子都割捨不掉的。」他還是柔聲地提醒著我。

是不是當時我沒有把他的話聽進去，讓他深深地失望了？

我始終想逃離我那沒有一絲溫度的家，甚至推開我的父母。

所以在趙詩涵對他提出和我分手的要求時，他完全不和我討論，也不願意告訴我真相，一句簡單的「保持距離」，就離開了我。

但我逃離了家，推開父母以後所空出的雙手，是為了擁抱他啊。

如今，除了我手中的落葉，什麼也沒有了。

※　※　※

很想停止哭泣，可惜只要我抹掉一片淚跡，眼角立刻又會淌出一串新的，所有的情緒好像到了極限，不再是我的身體所能承受的。

人體有百分之七十是水分，如果我掉眼淚是因為身體裡的水分超過正常比例，那我需要多少時間，才能把多餘的部分全都排掉，回到正常狀態？

我沒有帶衛生紙出來，希望臉上不要被雙手擦出一片髒汙，免得等下回到宿舍後被趙詩涵她們發現，我會很難解釋。

更何況，我再也不想讓趙詩涵看見我低落不堪的樣子。

低頭看了看手錶，再過半小時就會響熄燈號了，我應該把情緒拉回水平線了。

驀地，不遠處傳來微弱的呼喊，聽起來是趙詩涵的聲音，而且越發靠近：「婷婷？妳在那裡嗎？婷婷？」

我抬起頭，再次胡亂地擦去了多事的眼淚，擺出了無事的笑容。

與趙詩涵四目相對以後，她就停在距離我僅有幾步的地方，那副天使一般的漂亮面孔上，綻放了一抹笑容。

她手上捧著一小塊蛋糕，應該就是張怡慧期待萬分的，來自於名店的蛋糕。

「妳怎麼知道我在這？」我問，但也不太詫異。

「妳不是每次心情不好就會一個人跑來這嗎？」趙詩涵緩緩走向我，在我身邊坐下。因為距離拉近了，她看見我哭紅一片的雙眼：「妳在哭啊，怎麼了？」

心情還沒整理好，又在這樣糟糕的情況下遇見她。

糟透了。

火氣逐漸從胸中湧現，我還是得故作平靜地搪塞她：「沒事，就只是一點點不愉快，哭完就沒事了。不是快要熄燈號了嗎？我們回去吧！」

我打算起身，但被趙詩涵另一隻空出的手拉住。

「不急啊，還有半個多小時，我陪妳吃個蛋糕，讓妳補充一下耗損的能量。」

趙詩涵將蛋糕盤遞到我面前，滿心期待地看著我：「這間店的蛋糕真的很好吃喔，剛剛怡慧才吃了一口，就說這是她吃過最好吃的甜點。」

「我沒胃口。」

「甜食可以讓心情變好的。」她再次強調。

「我不想吃。」我幾乎快要耐不住性子。

趙詩涵將蛋糕盤放置於一旁，從制服外套口袋裡取出了一包面紙放在我手裡，說：「妳到底怎麼了，能跟我說嗎？」

我冷冷地將面紙扔回她手中，她嚇了一大跳，似乎沒料到我會有這樣的舉動。

「婷婷？我做了什麼讓妳生氣嗎？」

妳居然還能如此平心靜氣地問我這個問題？

接下來，心裡湧現的念頭，也同時從我口中竄出：「妳真的有把我當朋友嗎，趙詩涵？」

她錯愕地回應：「發生什麼事了？妳為什麼會這麼問呢？」

「妳是不是很不希望，我能擁有愛情？」

「怎麼會？」她著急地向我解釋：「我知道妳一直想找到適合自己的人。」

「那為什麼每一次我有機會的時候，妳總是要插手？」

「什麼？」她困惑地看著我。

「只要我們有機會認識男生，最後都會跟妳告白。」

她睜大了明亮的雙眼：「上次妳就問過了，我也跟妳澄清過了呀。那時候妳跟我說沒事，看來還是對我有誤會？」

我低下了頭，「妳自己心裡有數。」

「婷婷，妳為什麼會這樣想？」她的聲音開始哽咽：「妳相信我，我沒有要跟妳爭什麼，如果妳覺得我是在阻撓妳，很抱歉……」

「算了。如妳所說，妳是在『交朋友』，那些人要喜歡妳，不是妳所能控制的。」我發出一聲失落的冷哼之後，繼續說：「因為妳是公主、妳長得漂亮、談吐溫柔，更有完美的家庭，妳自然不用做什麼，就可以讓全世界都喜歡妳。妳不需要跟我搶，我們也沒有競爭的必要，畢竟我完全不是妳的對手。」

「婷婷，對不起，妳不要生氣好不好？我一直都把妳當成最好的朋友。」她焦急地握住我的手，幾顆淚水因此滴落在我手背上。她說：「怡慧一跟我說妳不舒服，我馬上就帶著蛋糕來找妳了，我是真的希望妳快樂的，也沒有要破壞妳去追求幸福……」

那樣委屈的嗓音，好似受了傷的小動物，控訴我如此十惡不赦，竟曲解她的好意。

如果我沒收到那幾則對話紀錄，我幾乎就要相信她了。

「趙詩涵，不要再裝了。」我取出手機，打開那兩張截圖，對她說：「妳要不要先看一下這個？」

她將目光移向我的手機畫面，不消幾秒，就浮上了驚愕的神色。

「婷婷，我……」

看著她立刻轉變為一臉無辜，我心中的怒氣就越發加深。

「之前那些男生就算了，反正我也沒跟他們交往過。但這次妳為什麼要跟謝老師說這些呢？如果妳真當我是朋友，怎麼什麼都不跟我講，就做了這樣的決定？」我提高了音量：「那是我的愛情！」

「對不起，婷婷，妳聽我解釋。」她深吸了好幾口氣，試圖平復因哭泣造成的抽噎。

「不要裝可憐！」

趙詩涵收起哭聲，試圖平靜地對我說：「妳有想過，如果這件事是被別人發現，會有什麼結果？」

我沉默片刻。

我當然理解與老師交往的風險，以及可能掀起的風波，所以一直小心翼翼的，不引起不必要的注意和猜疑，一切等畢業之後再做打算。沒想到，還是太過大意，才會全盤皆輸。

之所以會被趙詩涵發現，大概就只有唯一的一次可能。

一個多月前，我因為經痛，沒有參加晚自習，一個人提早回到宿舍休息。中間我曾經去過一次廁所，待了二十分鐘左右，出來以後發現趙詩涵也已回到房內。她說是擔心我的身體狀況，也跟老師請假回來照顧我。

雖然在我去廁所的那段期間，我的筆電是闔上的，但是並沒有用密碼鎖上，只要翻開螢幕，便可看見我與謝老師的對話視窗。

趙詩涵若有心要偷看，也不過是幾秒鐘的事。

見我不回應，趙詩涵繼續說：「消息一旦傳出去，謝老師一定會被革職，畢竟師生戀在學校是大忌；至於妳呢，如果妳沒有被退學，妳受得了流言蜚語嗎？馬上就要考試了！」

「就算是這樣，妳也不應該自作主張！」我忿忿地看著她。

「婷婷，我很抱歉，我原本想的是，要是我直接告訴妳，妳一定不會聽，因為在妳心裡愛情是最重要的，妳一定會把它擺在最前頭，無論是不是身在危險之中。」趙詩涵耐著性子，柔聲地向我解釋：「我只能先跟謝老師講，他是大人，他應該能更理性地思考。」

「妳的理性思考，不就是要他離開我嗎？」我毫不留情地揭穿她：「趙詩涵，妳的謊話什麼時候才能說完？」

「現階段來說，妳和老師暫時分開是最好的。如果你們相愛，為什麼一定要急在這個時候？」趙詩涵一副淚眼汪汪的模樣：「婷婷，我真的是在為妳著想。」

「為我著想？」強烈的諷刺感，讓我忍不住笑了出來。

「不要往壞的方面想，好不好？」

「妳要我怎麼往好的方面想啊？」因為生氣，我下意識地將手向上一揮，不巧翻倒了趙詩涵放置在一旁的蛋糕。

名貴的蛋糕，混上了泥土和髒汙，再也無法食用，就像我和趙詩涵的友誼一樣。

「婷婷……」

咚、咚、咚、咚……

門禁時間的預備鐘響起，我站起身，將曾經的好友拋在身後。

「我已經不知道該怎麼相信妳了。」我嘆了一口氣：「我們也保持一些距離吧。」

「婷婷，對不起，對不起……」她只是一個勁的拚命道歉。

「道歉是沒有意義的。」

也好，攤牌了也好。

再不必花心思去想，以後該用什麼立場面對趙詩涵。

我消沉的思緒，的確如乾枯的落葉，僅存下沉的餘地。但一無所有也沒什麼不好，至少妳知道自己不會再失去什麼了。

4 愛終究是痛苦的

謝新學，對於班上的同學來說，是教學生動有趣、受歡迎的化學老師；但對我來說，他是這世界上唯一一個願意傾聽我的感受，真正理解我的人。

除卻他以外，我生活圈的所有人，都無法得到我完全信任，包括家人。

我媽總是在說話，關於她對家裡的各種抱怨，對人生的各種不滿，以及她自覺不被受重視的憤怒。所以，她並沒有太多時間聽我說話，我也不太敢和她說話，已經不知道從什麼時候開始，對她有種戰戰兢兢的感覺，只要一個小事做不好，我也會成為她所抱怨的項目之一。於是，我從不惹出什麼需要她收拾的麻煩，也盡力把一切做到最好，包括她對我的期待——成為優秀的資優生。

至於我爸就更不用說了，他早已習慣把自己封印在電視機前，電視是他的好朋友，只有它總是安安穩穩地陪伴著他，說出來的話，也不會讓他大動肝火。我不去煩他，往往也是不希望他認為我和媽是一樣的人。

朋友呢？

試問像趙詩涵這樣表裡不一的「公主」，我能與她坦誠相對嗎？

張怡慧？這女孩的頭腦太簡單，根本沒法跟她聊多深入的事情。而且，她又是趙詩涵的跟班，一旦我跟她說了什麼，難保她不會去跟趙詩涵「碎嘴」。女孩之間的相處有太多的暗潮洶湧，一句話說錯、一個動作不對，就會把一切搞砸，我也實在不能暢所欲言，更遑論是好好做自己。

世界上沒有人知道我想要的是什麼，他們似乎也不在乎。

直到，他的出現。

在茫茫人海裡要找到一個得以相知相惜的人，是多麼不容易的事。姑且不論「要先吃過萬世的苦，才能換得此生幸福」的傳說，至少我也是花了快要十八年，才等到他的出現。

所以我一直備加珍惜。

曾經，他滿懷歉意地問過我：「我們目前是無法公開的，這樣妳會覺得委屈嗎？」

「我又不會一輩子都是學生。」我幾乎沒有思考太多，便立刻回答了他。

「是啊。」他稍稍釋懷了些，脣邊綻出笑意：「妳會考上很好的學校，過上很好的人生。」

我輕靠在他的肩頭，享受著這一刻的溫柔與心跳，說：「然後，好好地和你在一起。」

腦海裡浮現了很多關於未來的畫面，我們會有一個家，是屬於我跟他親手打造的。

在那個家裡，不會有誤解背叛，我們將永遠不離不棄，直至與世界告別的那一天。

我想要的，不過就是這樣的愛而已，而他也明白。

只有他明白。

他攬緊我的肩頭，將我輕輕地環在他的懷抱裡。

「醒醒啊，宋玉婷。」

我錯愕地抬起頭，「你說什麼？」

他的面容逐漸模糊，只剩下那一句句讓我不解的：「快點醒來吧，宋玉婷！」

※　※　※

「玉婷，快起床！」

恍惚之中，我聽到焦急的呼喊。

實在太過疲倦，即便意識已逐漸清醒，雙眼仍像被針線牢牢縫上，無法睜開。

況且，前不久我才夢見了他，那些只能在夢中上演的溫馨還沒結束，是誰如此殘忍地，在鬧鐘沒響之前就急著把我拉回現實？

「玉婷，出大事了，妳快起來！」

除了喊叫之外，還多了劇烈搖晃的力道。

星期一的清早，能有什麼大事，不就是早自習要考英文嗎？即便不依照學校的複習考試進度，我還是能考到讓老師滿意的成績。我有自己的複習進度，需要擔心什麼？

為什麼如此煩人地將我喚醒？

我翻了個身，抬起手以手臂遮住雙眼，不耐煩地說：「到底什麼事啊？」

「我們收到妳和謝新學老師的約會合照，而且有好幾張，都是擁抱接吻的照片。」

什麼？怎麼可能？

我驚跳起身，看見張怡慧焦急萬分地坐在我床沿。

她被我太過突然的動作嚇了一跳，愣住片刻後才繼續說下去：「班上很多同學都在群組上討論，妳……和老師交往的事，大家都知道了。」

我的背脊突然一陣冰涼，像是有一支尖銳的冰柱狠狠地往脊椎戳下去的感覺，又凍又痛。

我推開張怡慧，拿起枕邊的手機，打開班上的通訊群組。

果然，從凌晨四點多開始，陸續有同學將收到的照片上傳，熱烈地討論起來。而且，對我留下了許多不堪入目的評價。

那些照片，原本應該僅隱藏在我和他共用社群帳號裡，而且是未公開的。

AnnieKao：@TingTing 這怎麼回事啊？妳跟謝老師在交往嗎？

★怡如：都有接吻照了，不是交往是什麼啊？

AnnieKao：我看明天會很熱鬧！

KT 楷庭：哇塞，我到底看了什麼？

★怡如：平常是自傲的資優生，沒想到私底下會這樣喔？

MOMOKO：班導有收到嗎？

AnnieKao：班導在群裡啊，你忘了？

KT 楷庭：這些照片到底是從誰先開始傳的啊？

AnnieKao：是沒見過的空帳號私訊給我的。

★怡如：我也是。

MOMOKO：+1

★怡如：不過，妳們不覺得噁心嗎？這是亂倫欸。

AnnieKao：對啊，老師跟學生怎麼可以在一起。

★怡如：等著被退學吧！

灼燒般的熾熱自我面頰燒起，直至腦後。

我覺得自己被推進了人體實驗室，而那些深藏在胸口的祕密，在未經預警與麻醉的情況下，便硬生生被手術刀解剖後取出，血淋淋地公諸於世，任人翻看。

這番景象，是我這輩子所見過的，最難堪的局面。

手機垂落於被褥之中，我發出墜落谷底後窮極無意義的明知故問：「妳們都知道了吧？」

「嗯……因為照片被上傳到班上的群組，大家從半夜就開始討論了。班導到現在都沒有回話，應該是還沒看到，不過也是遲早的事。」張怡慧為難地點點頭，接著說：「不過，妳怎麼會跟謝老師交往？就算他對妳再好……老師跟學生，大家都知道不可以的啊……」

「是啊……」完全亂了分寸的我，腦海一片空白，只能喃喃地自言自語著：「現在什麼都沒有了，一切都完了！」

驀地，趙詩涵纖瘦的身影緩緩移入我的視線範圍之中。

她穿上了熨燙整齊的制服，一頭長髮向後梳成公主頭，以一種悲憫罪犯的聖母眼神望著我。

頓時間，原本空無一物的腦部，因為這無聲的挑釁，彷彿被丟入了一大把火種，再次不可遏止地燃燒起來。

我伸出手，指向趙詩涵，憤恨地吼著：「是妳，對吧？妳一開始就盤算好了！妳就是想毀了我！」

趙詩涵見狀，連忙對我搖晃雙手，無辜且驚恐地撇清：「不是我，我什麼都沒有做！」

聽到我與趙詩涵的對話以後，張怡慧連忙擋在我身前，作勢要阻止我：「怎麼會是詩涵，她是我們的朋友欸！」

「趙詩涵，妳以為我還會相信妳嗎？」

我將張怡慧一把推開，重心不穩的她因此跌坐在地上，發出痛苦的哀號。接著，我掙扎著奔下床，跌跌撞撞地撲向趙詩涵。

「婷婷，妳不要衝動……」話還沒來得及說完，趙詩涵已狼狽地被我壓制在地上。

我將所有的憤怒都集中在雙手上，對她揮下好幾個響亮的耳光：「都是妳、都是妳、都是妳。」

「玉婷，妳冷靜……」趙詩涵再無法優雅而溫柔地說話，她一面閃躲我的亂擊，一面驚慌地叫著：「不要打我，拜託妳……不要打我！」

趙詩涵一頭精心打理的髮型，在奮力掙扎下逐漸鬆落，凌亂地覆蓋在雪白的面頰上；制服也被扭扯得皺折不堪，像極了經大力擦拭後、再也不顯白的面紙。

我這才見識到，公主落難以後，其實也比平凡人差不到哪裡去。

「都是妳一直破壞我，最後還毀了我的人生！」

直到其他室友將我倆分開前，我已無法自控，成為一頭蠻橫的野獸，除卻眼前的攻擊目標之外，什麼都不再重要。

張怡慧拉不住我，只能尋求陳儀心和林君宸的協助，合力將我從趙詩涵身上拉開。陳儀心和林君宸還一左一右地扣住我的手臂，深怕我又不受控制地向前襲擊。

「天哪，宋玉婷，妳瘋了嗎！」張怡慧發出帶著恐懼的責備，連忙衝向趙詩涵，焦急地問：「詩涵、詩涵，妳還好嗎？我帶妳去保健室。」

「怡慧，我好害怕……」趙詩涵早已哭得滿臉淚痕，一見到張怡慧，就像是溺水的人找到浮木一般，緊緊地將她抱住：「那些照片真的不是我傳的，我什麼都沒有做。」

趙詩涵可憐兮兮的模樣，讓張怡慧也跟著目眶泛紅，不停地來回輕撫趙詩涵的背部。

「我知道，我知道……妳是玉婷最好的朋友，一定不會用這種方式對她的，我相信妳。」

架住我的陳儀心和林君宸互相交換了一個眼色，而後，站在我左手邊的林君宸轉向我，說：「欸，宋玉婷，雖然我不知道妳為什麼一口咬定是趙詩涵做的，但妳有證據嗎？」

「除了她以外不可能有別人了。」

「超沒說服力的理由。」林君宸的語氣滿是不屑，「妳現在已經腹背受敵，又多一條毆打同學的罪名，何必？」

「是啊，為什麼要這樣懷疑自己的朋友啊？」張怡慧跟著附和，又說：「我們是不是要先去找舍監，還是打個電話給班導？免得宋玉婷又發作，太可怕了。」

「不用了。」我制止了在場所有人的盤算，牙一咬，絕望地對自己做出宣判：「老師們一定會找我的，有差這一時半刻嗎？妳們可以準備去上課，至於我就在這裡等著吧。」

沉默了片刻以後，張怡慧陪同趙詩涵去保健室，林君宸和陳儀心也一聲不響地離開宿舍。

在這段暴風雨前最後的寧靜，我拿回手機，不再去管班級群組上的各種聲浪，反正真相就像流行病毒散播一樣，一傳十、十傳百，遍及整個校園，甚至登上新聞版面，成為眾人茶餘飯後恥笑的話題，也不過是遲早的事。

打開螢幕後，我再次確認了我與謝老師的對話視窗。

先前發送給他的訊息，一樣停留在未讀的狀態，我也許早就被他封鎖了吧？

而他知不知道，他所能享受的平靜時光，也只剩下幾分鐘而已？

看著吧，宋玉婷，接下來所要面對的，是妳從沒見過的，活生生的地獄。

愛，果然只會帶來痛苦。

5 火刑臺上

當我再次能與謝老師如此靠近，已經是在世界毀滅之後了。

我與他站在校長室內，接受校長、主任的集體詢問，就像是火刑臺上即將處死的囚犯。

在校方嚴格的控管之下，師生戀這樣的「醜聞」，多年來不曾在校園內發生，如今卻因為我和謝老師的關係，鬧得人盡皆知，首當其衝的便是校譽即將面臨的重大考驗。

畢竟誠宜高中是全國排名前三，且被教育部評比為優質的高中，校風嚴謹、學費高昂，但考取國立大學的錄取率從不輸給公立的明星高中。所以，在升學至上的風氣推崇之下，這所學校成為多數人眼中的貴族學校，能進來就讀的學生要不是富家子女，就是學業成績佳的學生。

上述這番話，校長已經說了大概三百萬次。

「發生這樣的事，一定會影響下年度的招生，你們知道嗎？」校長低沉的嗓音，在緊繃的空氣中迴蕩。

「教育部的評鑑很快就要開始了，這件事要是傳出去，下年度的補助應該就拿不到了。我已經動了媒體那邊的資源，盡量不要讓記者發出相關的新聞。」說完，教務主任嘆了一口長氣：「唉……麻煩喔！」

「校長，真的很抱歉，是我做了錯事。」謝老師不斷向校長鞠躬道歉：「在事情曝光以前，我和宋同學便已經分手。雖然目前還沒法查出散布照片的到底是誰，這件事就讓我負責吧，我可以引咎辭職。」

他這麼說，是想保護我嗎？

我將視線轉向他。

他的雙手緊緊貼著腿部，又對校長鞠躬了好幾回。他一彎腰，我的胸口就痛得快要裂開。

痛楚提醒我還活著，而且苦過於死。

「你辭職了就了結了嗎？」校長重重地拍了一下桌子，突如其來的巨響讓在場的人都為之一震。她接著說：「你要知道，我們雖然是私立高中，但校譽一直都很好，家長把孩子送進來住校，也是希望能夠接受我們系統化的學業與生活管理，創校十多年來從沒有出過差錯。你們兩個搞了這樣的事，大大破壞了長久以來苦心建立的校譽，我們以後要怎麼招生？」

「我會盡量配合學校要求，只要能平息風波，我什麼都願意做。」說完，謝老師回頭看了我一眼，向校長再次請求：「但是，請務必減輕對宋同學的處分，不要讓她退學。馬上就要學測了，這樣會影響到她的成績和未來的。」

聽到他這麼說，一直沉默的我向前踏了一步，說出我走進校長室以後的第一句話：「沒有讓謝老師全盤負責的道理。我只想問一句，我不過就是想要愛而已，我沒有害人，為什麼必須在這裡接受審判？」

「玉婷，不要再說了！」謝老師的面色一沉，厲聲喝止我：「妳現在應該告訴校長妳知道錯了，妳會好好讀書，請他們再給妳機會。」

「宋玉婷，這樣的話妳說得出口？妳認為對老師投懷送抱是什麼可歌可泣的愛情故事嗎？妳的書都讀到哪去了？如此自毀前程，還不知反省？」校長對我大發雷霆一陣之後，又將砲火轉向班導師：「王老師，妳平日到底是怎麼照顧學生的？」

「校長，對不起，是我的疏忽。宋玉婷的表現一向很好，成績都是全班前三名，也有繁星推薦T大的資格。至於生活上，原也沒有特別讓人擔心的負面行為。」班導師語帶愧疚地解釋完，嚴厲地朝我看了一眼，又說：「我根本沒想到她會做出這樣的事情來。」

「現在校譽被這兩個人踐踏在地，妳又打算怎麼負責？」校長繼續追問。

「就辭退謝老師，也讓宋玉婷退學吧，這樣最安全。」主任將手交疊於胸前，對校長提議：「其他的老師可以暫時頂替謝老師的課程。成績優秀的高三學生，也不是只有宋玉婷一個，比如三年C班的趙詩涵、A班的吳雅潔、E班的萬文靜……她們一樣可以考上前三志願的國立大學。」

他們說的每一句話，都不離「校譽」兩字。那是他們心中至高無上的信念，不容任何人破壞與挑戰。

我追求了我渴望的愛情，與他們的信念背道而馳，成為無可饒恕的罪名，無疑該被放上火刑臺，接受最終的酷刑。

所以，只要我成為那個眾矢之的就夠了，至於到底是誰駭入我與謝老師的私人帳號，散布照片的人又是誰，沒有人在意，更無人提起。

「除了成績之外，你們又何曾在意過我渴望的是什麼？」我冷冷地回應：「先前認為我將來可以考上第一志願，所以給我獎學金做為投資，期待我畢業後能成為榜單上耀眼的戰果；現在我失去利用價值了，便一腳把我踢開。原來如此，這就是所謂百年大業的教育。」

「宋玉婷，妳到現在還不反省？」

無所謂，退學又怎樣呢？爸媽知道又怎樣呢？前途渺茫又如何？失去了我夢寐以求的愛情，什麼都不重要了，又有什麼好在意的呢？

謝老師已經沒希望繼續留在學校了，校長終止他所有的職務，他任教的班級也將由其他老師暫代。同時，校長要求他在明天放學以前，就收拾好細軟離開學校。

此外，由於謝老師在受聘時和校方簽署過合約，凡是就職未滿五年便離職，以及觸犯了校方所禁止的事項，得付出高額的違約金，這些他都得一一承擔。

聽到殘酷的宣判以後，我後悔了。

到最後一刻，他都還把我放在最前頭，死命地為我求情；至於我呢？不領情也就罷了，我還說出那番話觸怒在場其他人，將他所做的努力全都粉碎。

我想過謝老師的未來嗎？如果不是我，他何須要承擔這些？他依舊會是學校內最受歡迎的老師，得以繼續在他的教學路上耕耘。

愛終究是痛苦的，因為最後我帶給他的，也僅有痛苦而已。

已經來不及了。

※　※　※

謝老師離開以後，被送進校長室的，是一臉為難的趙詩涵。

她已換上一套全新的制服，熨燙整齊、一絲不苟，又是以往那副白淨高雅的模樣；此外，她那一頭直順的頭髮也重新整理過，具有光澤感且無一絲毛躁，但這次並沒有梳成任何樣式，自然地貼著雙頰，應該是為了遮掩臉上尚未消去的紅印。

對，除了我和謝老師的事情之外，我跟趙詩涵還有一筆「帳」沒有算。

趙詩涵是校園裡最尊貴的「ＶＩＰ會員」，校長一定會很審慎地處理這件事。

想都不用想，我幾乎沒有贏面。

「天啊，詩涵，臉怎麼紅成這樣？」看著趙詩涵的模樣，校長發出一聲驚呼，隨即轉向我，氣憤地說：「宋玉婷，妳要鬧出多少事才甘願？」

班導走向前，簡單地向校長說明：「今天早上起床號還沒響，宋玉婷就在寢室裡對詩涵動手。聽其他在場的同學說，因為她認為詩涵散布她的照片，就失控打人。不過，她沒有證據；詩涵的個性我們都知道，根本不可能做這種事。」

無論是校長或是班導，都喚我全名，卻稱她為「詩涵」，偏袒得非常明顯。

趙詩涵十分有禮地向師長們鞠躬問候以後，輕聲地說：「校長、老師，請不要責怪玉婷，她當時正在面對難以承受的狀況，才會那麼激動。我們是朋友，她不是有心要傷害我的。」

「都什麼時候了，妳還在幫別人說話？」校長心疼地看著她：「還痛不痛？」

「已經不痛了，真的。我不會責怪玉婷，請您再給她一次機會。快要考試了，我們說好要一起讀書，一起考上理想的學校。」說完，趙詩涵看向我，對我露出釋懷的笑容。

「宋玉婷，妳看看自己是什麼樣子？有錯不認、出言不遜！」導師一個勁地指責我：「人家詩涵呢，被妳打成這樣，還幫妳說話。」

班導從不曾對我露出這麼「齜牙咧嘴」的可怖樣貌，畢竟過去班上成績最好的是我，她對我堆滿笑容都來不及了。如今我「資優生」的光環已不再重要，她也無需再給我好臉色看了。

現實到令人作嘔。

一旁的主任也不住地對著趙詩涵點頭：「這個孩子，真的很善良。」

「詩涵，她毆打同學，按校規是該被退學的。」校長板著臉孔對趙詩涵說：「加上她又和謝老師發生那樣的事，學校更不應該再留她。」

「我會跟爸爸好好解釋，也請校長不要追究。發生這些事，現在她最需要的就是陪伴，我們一定不能放棄她，要是她想不開怎麼辦？」趙詩涵一面說，一面對我投以擔憂的目光。

在被我極度的傷害以後，她以崇高的愛與包容原諒了我。相信在今天以後，老師們會更加疼惜這個惹人憐愛、充滿愛心的好孩子。

她擁有我所沒有的——全世界的愛。

公主善用了赦免罪犯的特權，再加上她不念舊惡的氣度，因此換得了臣民高昂的崇拜與追隨。

高招啊，趙詩涵。

在趙詩涵的「聖光維護」之下，我暫時僅被處分了一支大過。

至於我所鬧出的師生戀該如何處置，他們要再開會商討，明天也會通知我的父母到校了解狀況。

我幾乎已經能想見，今天我對趙詩涵所做的事，明天我媽也會原封不動地在我身上實行：我怎麼打了趙詩涵，那些傷痕將會一一地回應在我身上。我爸呢？大概會覺得我跟媽一樣，是個成事不足敗事有餘的麻煩女人吧。

我破壞了校譽、使父母蒙羞、將我所愛的人推入絕境。

雖然我想要的，從來不過就只是愛而已。

6 是該說再見的時候了

XINXUE：妳的未來不值得為愛情葬送，保重。

收到他的訊息，是在我離開校長室後不久。

我的未來是不是因為愛情而葬送的，我再無法有肯定的答案，唯一能認清的事實是，未來的確毀了。

而且是粉碎得難以復原的那種。

今天一整天，我完全體會了被媒體追逐的緋聞主角，所感受的滋味。人潮中好奇、嫌惡、看好戲的各種眼光，像探照燈緊跟在我身後，讓我無所遁形。

「她就是宋玉婷嗎？跟謝老師在一起的那個？」

「對啊，真是人不可貌相，完全看不出來她是個蕩婦。」

「謝老師一定是被她纏著不放，才會被害得這麼慘。」

「總要付出代價的啦，她一定會被退學的！」

「利用資優生的身分掩飾自己對老師投懷送抱的事實，真是噁心！」

「欸，妳們猜猜看他們上過床沒有？」

「現在只收到他們的接吻照，要是過兩天又有『床照』，那就太勁爆了！」

無論走到哪裡，都可以聽見細碎的耳語。

討論我荒唐的也好、探問照片從哪裡傳出來的也罷，甚或低罵我不要臉的也無所謂，反正一人一口口水，我早被吐得骯髒不堪，再多吐幾口，也是一樣的。

經過不斷地毀滅式轟炸以後，我已經不太擔心還能再出現多難堪的字眼。

下午回到教室以後，我的抽屜裡被塞滿樹枝與泥土，置物櫃裡的東西也被翻動得雜亂不堪，甚至有好幾本筆記本被撕得粉碎。幾本留有「全屍」的課本上，被凌亂不堪的字跡寫上「破麻」、「臭三八」……等等的辱罵字眼。

我冷冷一笑，這裡不是貴族女中嗎？她們從哪學來那些骯髒的字眼？

我的視線集中在那如災難現場一般的座位上，仍可察覺旁邊有幾個女同學正目不轉睛地觀望著我，等待我會做出怎樣的反應；也有一些人見我出現便急著躲開，想必是聽說過我在宿舍裡對趙詩涵大打出手的事，深怕被波及，成為我下一個「發洩」對象。

至於是誰破壞了我的座位，大概可以分成兩個思考方向。

其一，是謝老師的愛慕者們。由於謝老師在學校很受歡迎，也有很多女同學「暗戀」他，幻想能成為他的女朋友，而我所做的，無疑破壞了她們的想望，對我報復是理所當然的。

其二，是趙詩涵的追隨者們。趙詩涵在學校的人氣是不用說的，同學們有各種理由追隨她：她的公主外表與身分、和善溫柔的態度、高超的琴藝與優秀的課業成績……什麼都好，而我傷害了她們的公主，受到懲罰也是應該的。罪加一等的是，我原本是趙詩涵的好友，居然傷害了她，簡直就是個「背叛者」。

一夜之間，同學們對我的態度完全不一樣了。

在今天之前，她們就算嫉妒我、認為我自傲，至少還能保持表面和平，不曾做出誇張的反應。如今，就為了我做了一件對她們來說具有「道德瑕疵」的事，便可以正義之名，無情地對我落井下石。

所謂人性。

這個時候，趙詩涵回到教室，看到這滿目瘡痍的景象，發出帶著指責意味的驚呼：「是誰做的？為什麼要這樣對婷婷？」

我選擇的是，冷眼面對這一切。

我對趙詩涵的關切置若罔聞，彎腰從雜亂不堪的抽屜裡，抽出幾本「倖免於難」的空白筆記本以後，連課也不想上了，轉身走出教室。

身為當紅緋聞女主角的我，漫無目的地在迴廊上緩步，仍然持續受到過路人的注目。

「她死定了。」

死定了。

死。

我今天聽過各種批評、討論，以及五花八門經過渲染的故事內容，這一句話是最清楚的。

從此刻開始，我耳邊響起的不再是好事的竊竊私語，而是重複交疊的：「死吧，宋玉婷！」

死吧，宋玉婷！

死吧，宋玉婷！

死吧，宋玉婷！

TingTing：再見了，謝老師。

我拿出手機，回覆完最後一則訊息以後，繞到理化教室。

學校為了讓理組的學生有更多資源可以學習、做實驗、參與科展，所以專科教室大樓的一到三樓都是理科的專用教室。

一到二樓的教室器材和設備都是最新的，大家也比較常使用這幾間教室；三樓的教室幾乎是空置的，其中幾間更被當作存放實驗材料的倉庫，也很少有人走到這裡來。

曾經，我常常和謝老師一起在三樓的舊教室裡討論功課、一起做實驗，為了方便我進出，他把門鎖的密碼告訴過我。

喀。

輸入密碼後，發出門鎖轉動的聲音，門應聲而開。為了防止被人發現，我沒有打開室內的燈，僅透過手機螢幕上的微光探入幽暗的教室內。

我花了一些時間，在筆記本上寫下配方，並利用教室裡存放的化學物質，調出了我所需要的藥劑。等到全部完成，準備離開時，已經接近放學時間了。

黃昏的餘暉映照在空蕩蕩的迴廊上，似乎也呼應著我的人生：該是走到盡頭的時候了。

回到宿舍以後，舍監正在房內等著我。

為了防止我再次傷害同學，舍監依著校方指示，要我搬去其他空置的房間，被剛好返來的趙詩涵阻止了。

「玉婷現在非常需要陪伴，能不能別讓她搬出去？」趙詩涵懇切地對舍監提出請求。

「要是她又打妳怎麼辦？」接著，舍監皺著眉頭，發出疑問：「妳也真奇怪，她打妳欸，妳還幫她說話？」

「她只是一時激動，不會再發生了。」趙詩涵再三保證：「舍監，就讓我跟她好好地說說話吧！」

留下我的目的是什麼呢，趙詩涵？還想繼續表現妳的公主大愛，以收買更多的人？還是想看看我有多不堪？

她越是無私，我就越討厭她。

我本想打斷趙詩涵與舍監的對話，拒絕她的提議。

然而，一個念頭猝不及防地湧現：像趙詩涵這種擁有一切的人，永遠無法理解我的痛苦，如果她跟我一樣一無所有了呢？再不是公主，再沒有人被她深深吸引，也不再有人愛她，那會是什麼樣呢？

於是，我什麼話也沒有說，僅是看著眼前的兩人你來我往地談論著我的去留。

我在化學教室調的藥劑，原本是給我自己的。謝老師曾經說過多少劑量足以致死，而且藥效很快就會發作，他當時的用意是想讓我了解化學成分，如今竟成為我解決問題的一帖良藥。

反正，我現在也沒有說服自己活下去的理由。我打算回到宿舍留下一封簡單的遺書後，就去游泳池旁的小角落把藥劑喝下去，直到闔上雙眼。

然而，趙詩涵的出現，原定計畫因此改變。

因為，我想把這些藥劑也分一點給她。

趙詩涵對舍監苦苦請求了好一會的時間，舍監才終於點頭讓我留下。舍監離開之前，還再三叮嚀趙詩涵，若有狀況一定要回報。

我默默走回房間，回到書桌前點亮檯燈後坐下，將裝有藥劑的小瓶子以筆記本遮掩，收入抽屜。

應該怎麼做呢？

該把藥劑加在哪裡，才不會讓趙詩涵察覺呢？

我陷入一陣膠著的混亂之中。

對於我自己的生存與否，對趙詩涵的復仇與否，在這一瞬間，驀地被恐懼與道德感牽制了一會兒。

腦海裡是一片伸手不見五指的黑幕，驀地，一串串問題像字幕一般，一句一句的在黑幕上次第湧現：

我真的需要這樣做嗎？

我有沒有理由不需要這樣做？

我有沒有能力解決問題？
我還能不能好好生活？
還有沒有值得我留戀的？
既然我不能，為什麼我不能選擇不再看見任何問題？
那個恣意破壞我的人，又為什麼可以安穩地活著，不需付出代價？

這些文字，交疊在一起後，再向四周毫無規律地閃動與飛舞。

撐著頭，我將雙手埋於髮線之中，任那些字句在我腦海裡炸開，崩解為片片碎屑。

在過去，有關於考試的題目幾乎不曾難倒過我，那些從書本裡就可以找到方法的問題，一點挑戰性也沒有。然而，關於人生的題目，卻無法從學過的知識裡找到解題步驟，我卡關了。

然後，趙詩涵與陳儀心的對話，從我身後傳來。

「陳儀心，妳現在有事嗎？」

「去圖書館。」陳儀心簡短地回應。

「抱歉，能不能先幫我一個忙？」

「什麼？」

「麻煩妳幫我去學生餐廳帶回兩份晚餐，我陪玉婷一起吃。」趙詩涵語帶歉意地對陳儀心說：「不好意思，本來我想陪玉婷一起去吃的，但是現在這個狀況，她待在寢室會比較好。能否麻煩妳幫我跑一趟？」

「嗯。」

趙詩涵的聲音掀起我心中強烈的厭惡感，消滅了我的遲疑，我想我很快就可以做出決定了。

我知道喜歡上一個人的感覺，也知道不被理解的無奈，以及身在無可挽回的局面時，滿腔的絕望與憤怒……這些都是我感受過的，但，我從來不曾這麼強烈地恨過一個人。

當這個人輕而易舉地突顯我的不堪。

當這個人毀壞我的世界，還以一副大聖人的姿態給予溫暖。

當這個人以同情的目光，嘲諷我的失落。

我恨妳，趙詩涵。

如果妳不存在，那就好了。

我壓下逐漸急促的呼吸，將方才腦海中紛亂的字句一段段歸位，讓它們整整齊齊地排列在黑幕上。接著，就像考試時選填答案那般，我在那些問句裡，圈出了我要的結果。

我真的需要這樣做嗎？

我有沒有理由不需要這樣做？

我有沒有能力解決問題？

我還能不能好好生活？

還有沒有值得我留戀的？

既然我不能，為什麼我不能選擇不再看見任何問題？

那個恣意破壞我的人，又為什麼可以安穩地活著，不需付出代價？

不管了，我是對的。

如果沒有人能告訴我答案，我自行執行就是了。

※　※　※

隨即，是關上門的聲音，房內只剩下我和她。

趙詩涵的腳步聲逐漸靠近，傳來別人聽來溫柔不已，遞進我耳後卻句句是諷刺的話語：「玉婷，我已經跟我爸媽解釋過了，我說妳是不小心的，他們不會追究。然後，雖然謝老師要離開學校了，但我有請我爸媽幫忙，無論如何一定要把妳留下來，所以妳也不要多想，同學的談論過幾天就會停了，好好讀書比較重要……」

現在又沒有別人在場，她還演什麼大聖人的戲碼？

煩死了。

「我什麼也沒想。」我淡淡地回應：「我什麼也不想去想。」

她拉了一張椅子在我身邊坐下。

「這樣也好。」她握住我的手，「我很怕妳會想不開呢。」

她手心傳來的暖度，教人作嘔。

我收回雙手，再次向她確認：「那些照片真的不是妳傳的嗎？」

「我發誓不是我！」趙詩涵緊皺雙眉，對我解釋：「這件事情我有告訴爸爸，他會調查出是誰做的。」

問了和沒問是一樣的，殺人的人從來不會承認自己就是凶手。

「我知道了。」和趙詩涵單獨面對的每一分每一秒，都好像倍數計似的，既漫長又難以忍耐。

我望向一旁的水杯，思索該把藥劑加在這裡嗎？不行，我不能保證它是完全沒有味道的，需要口味重一點的東西蓋過去才行。

想到這裡，我驚覺胸口傳來怦咚怦咚的心跳聲。往日在家裡歷經種種火暴日常時壓在胸口的大石頭，開始奔騰地滾動，好像活了過來。

與謝老師擁抱時，那樣急速的心跳曾經出現過，卻不會感到不安或惶恐，因為那時的空氣是粉紅色的，而我是幸福的；但眼前，氛圍是一片陰鬱的紫色，而我正在冒險做一件這輩子只有一次機會的事。

贏或輸，賭吧！

不行，我要冷靜，得想想還有沒有其他的方法。

要把藥劑加在哪裡，趙詩涵才會毫不起疑地吃下去？

集中思想，宋玉婷，只要想這件事就好。

等等，方才趙詩涵不是請陳儀心帶晚餐回來嗎？只要晚餐送回來以後，想辦法先把趙詩涵支開，再把藥劑加進飯菜裡就行了。我記得今晚學生餐廳的菜單是咖哩飯，那食物味道重，應該不會被發現。

對，就這麼做吧。

不要怕，宋玉婷，妳是對的，也是不會失敗的。

「我知道妳心情不好，有什麼話都可以跟我說，我會陪妳的。」說完，趙詩涵拍了拍我，而後將手置於我的肩頭。

我伏在桌上，閃躲她的碰觸，冷冷地回應：「我不想說話，沒力氣。」

「陳儀心等下就回來了，我們一起吃點東西，就會好一點了。」

好啊。

親愛的公主，我們一起吃點東西，也一起和這個景仰妳的王國告別吧！

如果我的人生註定沒有好下場，妳這個劊子手也不能苟活。

十多分鐘以後，陳儀心回來了，帶回了趙詩涵要求的食物。

大概也是不想受到無謂的波及，陳儀心放下東西後，又匆匆地離開寢室。

趙詩涵沒有先拿食物，而是起身說要去一趟廁所。

我這才想起，身為「貴族」的她，受過良好的家庭教育。每次吃飯前，總要仔仔細細地將雙手徹底洗乾淨以後，才會坐下來開動。

我根本不用想理由支開她，她自然而然地就留了個「好時機」給我。

使用廁所的時間雖然短暫，但可以讓趙詩涵用來偷看我的電腦，發現我和謝老師之間的祕密；更足夠將我準備好的「東西」置於瀰漫香氣的食物裡。

等到趙詩涵回來，我已做好準備，並將空瓶扔出窗外，若無其事地坐在書桌前等著她。

「哇，好香喔！學校餐廳的咖哩飯真的很好吃，是我心目中排名的前三。」趙詩涵露出滿足的笑容，先幫我打開餐盒，才打開她自己的。然後對我說：「妳一定也餓了吧，趕快吃吧！」

咖哩濃厚的氣味蔓延至空氣中，無論是視覺或嗅覺上，都沒有特別會被察覺的異樣。

趙詩涵很愉快地吃了兩口，而後以手遮著口，發出讚嘆：「真的好好吃喔！」

好吧，親愛的公主，這最後的一餐若您吃得滿意，也不會有太多遺憾了。

而我呢？

將湯匙陷入深褐色的咖哩醬時，我暫且閉上了眼，腦海裡浮現各種畫面：當爸媽知道事情以後，對我的厲聲疾色，以我媽的脾氣，那爆炸的程度必定大過於過往的「日常」；如果我被退學，剩下一個多月就要學測，我可能連考場都進不了；就算我不被退學，那些指指點點和破壞，可能會持續到我瘋掉？

然後，謝老師已經在人生的岔路口與我告別，未來將漸行漸遠，我再也看不見他微笑的樣子，也無法再重溫讓人心跳的擁抱，就此成為陌路人。

夠了吧，宋玉婷，好好把飯吃下去，上面這些事，就都不會發生了。

我張開眼，深吸了一口氣，拿起餐盒後，再次緊閉著雙眼，將食物大口大口地吞下。

對於我的舉動，趙詩涵似乎覺得十分失常，她略為吃驚地說：「看來妳真的餓了呢？吃得比平常快好多。」

沒有什麼需要回應的話，我連食物的味道都沒必要再細嘗，不消幾分鐘，餐盒便見底了。

我看了趙詩涵一眼，她大概只吃完了四分之一。

優雅是她的一貫作風，連吃飯都要細嚼慢嚥的。而且，她絕對不會一面吃東西一面說話，會把口中的食物吞下後才開口。

趙詩涵放下湯匙，問我：「還餓嗎？要不要我分妳？」

「不用了。」

我將背部徹底倚靠在椅背上，以反覆的深呼吸沉澱紊亂的思緒。

不會太久的，宋玉婷，再等幾分鐘，就結束了。

果真，沒多久以後，一陣劇烈的痛楚從我腹部襲捲而來，一股熱辣辣的水流也跟著痛覺向上竄動，我開始覺得噁心，接著，嘔出了方才的食物，灑得滿桌都是。

「啊！」趙詩涵尖叫起身：「妳怎麼了？」

「喔……好痛……」話還沒說完，下一道熱流又從嘴裡湧出，這次，是黏濁的血水。我摀住口部，仍無法阻擋持續的嘔吐，大量的液體從指縫間淌下，整張桌面已是一幅慘不忍睹的景象。

好痛！

好痛！

每一個細胞都要被絞碎一般。

我是不是錯了呢？

趙詩涵嚇得跌坐在地上，面色蒼白如紙。她環顧四周，似乎想要求救，但接下來從她口裡湧出的東西，讓她不再有機會。

跟我一樣的災難，也在她身上展開了。

「妳……在食物裡加了什麼？」她回過頭看著我，臉上寫滿痛苦與恐懼。

而我，也無法再回答。

黑暗從眼角開始吞食我的視線，眼前那不再美麗的公主容貌已逐漸模糊。

真好。

結束了。

第五證人

あんたに
死んでほしい

第二證人

張怡慧

當你說了一個謊，
就得再用十個、百個謊言，來掩飾最初的那一個。
謊言愈說愈多，就愈來愈不像自己，
不安與恐懼包圍著我，而我已經無法回頭。
如果當初我沒有說謊，我們還會跟以前一樣嗎？

1 她完美得像天使一樣

「老師，我來了！」

「怡慧來啦！」看到我，圖書館主任高興地與我問候，「每次都看到妳這麼精神地過來，真不錯。」

「保持愉快的心情做事，效率會更好喔！」我笑著回應。

「好，那今天也要麻煩妳了。」主任指著一旁的書車，說：「這些是歸還的書籍，要請妳幫忙上架。」

「好的，沒問題。」

我推著書車，開始今天的工作。

放學後準時到圖書館報到，協助主任和館員處理簡單的工作，比如將書上架、整理借書卡、幫同學辦理借還書……等等，是我每天既定的行程之一。工作時間不長，但能為我換來一筆微薄的生活費，不需再和爸媽多開口。

誠宜中學的學費很昂貴，是一般公立高中的十倍以上，但風評一向很好，考上國立大學的錄取率也很高。來這裡念書的人，要不是像趙詩涵那種有錢人家的小孩，就是像宋玉婷那樣，成績優秀、得以領取獎學金的資優生。

可是……我的成績並不優秀，原本只考得上吊車尾的公立高職，家中的狀況也根本不允許讓我就讀需要付出大筆學費的私立高中。然而，為了我將來的出路，爸媽仍希望我能考上大學，於是東拼西湊地籌出我的學費，再加上就學貸款，堅持把我送進誠宜中學。

我很感謝爸媽願意排除萬難，讓我進入他們心目中最完美的貴族中學，我也因此懷著更大的愧疚感。因為在入學之後，學校裡強大的師資陣容與密集的大小考試並沒有讓我的成績有所起色，一直停留在班上的中後段，不只沒能讓爸媽滿意，也沒法申請到獎學金。

我聽說宋玉婷每個學期拿到的獎學金，可以減免掉全部的學費，雖然很羨慕，可惜我在讀書方面完全不行。

所以，為了減輕爸媽的負擔，在老師的同意下，放學時間就去圖書館打打工。其他辦公處室需要幫忙的時候，也會找我去做，讓我得到基本的工資。

另外，由於三餐都在學校吃，費用也包含在學費裡面了，生活上不會有太大的開銷，那些賺來的工讀金，也夠我使用，不用再跟爸媽開口。

沒有錢過生活的日子，是可怕的，我對此留下十分鮮明的記憶。

從小我家裡的經濟條件就不是特別好，媽媽在工廠當女工，爸爸則是在小吃攤工作，賺的都是靠勞力換來的血汗錢，生活勉強還過得去。

不過，在我小學五、六年級的時候，奶奶幫朋友經營的生意作保，慘遭惡意倒債，欠下了鉅款，導致整個家族的人都被迫協助她還債。爸媽為了讓奶奶心安，四處借錢填補她的債務，結果招來一場又一場的惡夢。

曾經有一段時間，家裡永遠都有接不完的追債電話，每一通都是債主滿滿的憤怒與威脅：如果不在期限內還清欠款，我全家都會遭逢不測。

以及，到深夜都無法安靜的門鈴聲：一個個凶神惡煞的債主站在門外，要求我們立刻還錢。若是躲在家中避不見面，隔天迎接我們的便是被塗畫得不像樣的大門與牆面，加上鄰居的怨言。

為了賺取更多的金錢，爸媽每天加班，還利用空閒時間打零工，過著焦頭爛額的日子，到最近這一兩年才快要把債務還清。不過幾年的時間，我覺得爸媽老了很多。現在家裡的生活也只是比拚命還債時好一些而已，我記得上次回家的時候，偷偷聽到媽跟爸說她有個小手術得做，但手術費用卻是個大負擔，所以她打算跟醫生說不做了。

天啊！沒有能力考上好大學也就算了，我居然也沒辦法賺很多錢，讓媽放心地去做手術，不再過著奔波忙碌、委屈求全的日子。

啊！

不行，我不能再想這些讓人不開心的事情了，會影響工作效率。

心情不好，工作就會做得不好，老師們就不會再找我來幫忙，我也沒有錢可以生活了。

所以呢，現在我該想些開心的事，比如昨天趙詩涵請我吃的巧克力蛋糕。鬆鬆軟軟的，放進嘴裡後根本不用咀嚼，巧克力的甜味就會瞬間散開，讓人感到萬分幸福。

好，就想著昨天吃蛋糕時的快樂，把工作做完吧。

一本、兩本、三本，好了，這排的書都放完了。

學校的藏書真多啊，其他高中的圖書館大概都只有一兩層樓，而我們是一整棟，共七層樓，各類的書都十分齊全。但是，真的每一種書都會有人借嗎？像我，從高一到現在，好像就只看過漫畫那一區的書。

接下來的這幾本……啊，小說類啊，這是最多人借的種類了，特別是愛情小說，有些熱門的作品，還得預約排隊好幾個禮拜才借得到。不過，我對密密麻麻的文字不怎麼感興趣，也沒有豐富的想像力，能讓書中的畫面真實地在腦海中浮現。所以，比起小說，我還是比較喜歡看漫畫。

欸，這一本……《海面上的薔薇碎片》，不是趙詩涵很想看的愛情小說嗎？之前一直不在架上，現在終於歸還了嗎？太好了，我先收著，等下離開時就幫趙詩涵借好，再帶回宿舍給她，她一定會很高興的。

說到趙詩涵，她是個完美得不像話的人。

第一次見到她，是在高一新生入學典禮的時候，她從那時起，就非常受到大家的關注。除了她是校董的女兒之外，也因為實在長得太漂亮了，即便只是靜靜地站在隊伍之中，四周的目光便會自然而然地集中到她身上。

當我知道自己和趙詩涵同班，甚至還住在同一間寢室時，我有一點害怕。因為國中、國小的時候，班上漂亮女生的個性都不太好，驕傲的她們往往會善用外型優勢來達成各種目的，比如請男生幫忙寫作業、打掃，甚至是要求男老師洩漏考試題目。而且，有些人還會取笑長相不好看的同學，像我就被嘲笑過是「麻臉女」、「張醜慧」。

總之，我對漂亮女生的印象，不是心機重，就是自以為是。

由於趙詩涵是我長這麼大以來所見過的最美的女生，我曾經擔心她會比過往那些漂亮的女同學更難相處。我功課不好，也長得普通得不得了，希望不要被她欺負才好。

後來，開學還不到一個禮拜，就發現實在想太多了，更開始慶幸自己是趙詩涵的同學兼室友。

首先，她在課業方面給了我很大的協助。

所有的學科裡，數學是我唯一有把握的科目，可能是從小就過著被錢追著跑的日子吧，對數字總是特別敏感、斤斤計較。其他的科目嘛……只要能及格就該偷笑了。

趙詩涵發現我的文科特別跟不上進度，放學後總會找我一起去自習室念書，耐心解釋每一道我不會的題目，也會把她在課堂上做的筆記借給我，讓我能掌握重點。

她的字很好看，整整齊齊的，就是國文課本裡說過的「娟秀」，更厲害的是，課本裡一個章節十幾頁的內容，她往往只需要兩三頁的筆記，就能夠精準地將所有重點濃縮起來。

有了她的幫助，在每天大小考試不斷的學業生活裡，我勉強能把所有科目維持在不被當掉的安全範圍之內。

除了課業以外，趙詩涵也常會在學校放假的時候，請我到一些熱門的「打卡餐廳」吃飯。雖然不是特別高級的地方，但氣氛很好，很適合拍照，東西也非常好吃。其中我最喜歡的是一間位在東區、有販售珍珠奶茶鬆餅的咖啡店，我每次都會不自覺地大口大口吃著趙詩涵為我點的餐，因為真的太好吃了嘛，而且有很多是我沒吃過的。畢竟，過往我偶爾能跟爸媽一起去家裡附近的熱炒店吃上一餐飯，就已經是很享受的事了。

跟趙詩涵在一起，我總算能體會到屬於高中女生的，與好友一同逛街、喝下午茶的平凡日常。

趙詩涵對我的好不止這些，我還常收到她的各種禮物。

她知道我喜歡吃東西，每次放完假回到學校，總會帶上許多我見都沒見過的小點心，比如進口巧克力、千層蛋糕、馬卡龍、手工布丁……每一樣都好好吃。

對於她的付出，我曾經帶著歉意跟她說，很謝謝她願意找我一起出去、也很大方地跟我分享各種好吃的東西，但是我沒有什麼可以回送給她的。因為，我就只是個窮人家的孩子而已。

趙詩涵聽完之後告訴我，她是獨生女，在家中沒有兄弟姊妹可以陪伴她，即使她擁有許多東西，一個人獨享總是很寂寞，如果我喜歡與她一起分享，那就是最好的回禮了。

我聽了以後，感動得幾乎快要哭出來了。

宋玉婷曾經說過，趙詩涵就像公主一樣，擁有最好的條件以及大家的喜愛；長長的頭髮、雪白的皮膚，可愛的大眼睛和紅潤的雙唇，她的確像公主一樣漂亮。

但不是每一個公主都如此熱心、樂於助人，並且毫無保留地對朋友好。

對我來說，趙詩涵是比公主更完美的天使，也是我從小到大所有朋友裡，最讓我感到溫暖的人。

在學校，除了我以外，趙詩涵也和同寢室的宋玉婷滿要好的。她們的學業都很優秀，而宋玉婷的成績又更好了一些，常常拿到全班前三名。雖然宋玉婷的外貌並不如趙詩涵來得顯眼，也許是常常讀書的原因，她散發著一種特殊的氣質，有一點點的冷漠，趙詩涵說那是「冰山美人」的特質。宋玉婷不像趙詩涵那樣親切，我還是跟趙詩涵走得比較近。

只不過，當我們三個一起出去的時候，宋玉婷往往也是男生投以目光的對象。跟在她們旁邊，我實在有點像小跟班。

不管怎麼樣，能成為趙詩涵的朋友，就是一件值得開心的事了，我也覺得高中生活過得很充實、值得。

2 她應該不會發現吧

帶著趙詩涵想看的書，我歡天喜地地快步走回宿舍。

心情很愉快，不知不覺地就跑得比平常快了些，打開房門的時候，我喘了好一會兒。

要是被我媽看到的話，應該又會被念了。

我有遺傳性的氣喘病，雖然不嚴重，從小到大都不曾發生危急的狀況。不過，媽還是叮嚀我要把吸入劑放在身上，以備不時之需，還要盡量避免太過激烈的活動。

吸入劑一直都有隨身帶著，但我總是因為太過興奮，就忘了不能運動過度。

唉呀，不會有事的啦，休息一下就好。

我停在門邊，一面舒緩呼吸，一面尋找趙詩涵。

她不在房間裡。

屋裡僅有那個向來不太愛說話、也不怎麼會說話的陳儀心。她拿起筆電，也正要外出的樣子。

「詩涵不在嗎？」

「嗯。」

「妳知道她去哪了嗎？」

「不知道。」陳儀心簡短地回答。

「跟宋玉婷一起嗎？」

「嗯。」

「這樣啊，謝謝。」

陳儀心沒答話，默默離開房間。

我想，趙詩涵若是跟宋玉婷一起出去的話，大概就是到自習室去看書吧。再過不久就要學測了，她們總是很認真地複習，而我一拿起課本，往往看沒兩三頁就不耐煩，還不如去圖書館工作。

我走到趙詩涵的桌前，輕輕地將書本放下。

她讀了那麼久的課本，偶爾看一下這種「閒書」，應該可以幫助她放鬆吧。我能為她做的事情不多，希望這點小小的「舉手之勞」，能讓她感到開心。

欸，那是什麼？

趙詩涵的書桌上，除了整齊擺放著常用的課本與參考書之外，還有幾個精緻的相框，裡面放著她與親友的各種合照。

有她開心地坐在她家的豪華客廳，親暱地摟著她父母的照片，她爸媽看起來都好年輕喔，有錢人就是保養得比較好耶；也有全班同學一起出遊時，在美麗風景下所留的合影；最重要的是，有幾張是她與我和宋玉婷一起私下出去的合照，這是我們身為彼此好友的證明。

大大小小的相框前，放了一個復古樣式的黑木頭盒子，尺寸不大，也不特別起眼。但只要細看，便可以發現上頭雕著精美的花紋。

畢竟是趙詩涵用的東西，絕對不是什麼平凡之物。

可是，這東西是首飾盒嗎？她之前用的不是這一個啊，裡面放了什麼？

看一下應該不會怎樣吧，我就只是好奇而已。

果然不出我所料，盒內堆放著為數不少的耳環、項鍊和小戒指之類的飾品，至少有十幾二十個。和先前不同的是，她以往放在宿舍裡的首飾盒，打開以後都是一格一格大小一致的小格子，她會按照喜好程度把飾品分類擺放在裡面，通常一個格子只會放一樣東西。

由於學校不允許我們在上課的時候戴著飾品，只能在放學後或假日裡使用，所以趙詩涵不會帶太多這類的東西來學校。她以往的飾品盒大多是六格或八格左右的小盒子，這次她為什麼帶了這麼多飾品來呢？

不過，看看這些東西，真的好可愛、好漂亮啊。

這就是童話故事裡面，公主的珠寶盒啊！

盒內精細的奢侈品堆成一座小山，讓我看傻了眼。

我實在忍不住，從成堆的飾品裡挑出一個戒指，那是皇冠的造型，三個尖尖的頂端上，都鑲上了亮晶晶的鑽石，而趙詩涵也將它保養得非常好，銀色的金屬面上，全無汙漬和指紋。

我家裡根本不可能有這些東西。我媽的梳妝臺上，唯一最珍貴的，就是她與爸結婚時留下的金項鍊，就算家中情況再差，她都捨不得賣掉。除此之外，就是幾個在夜市便能買到，一個一、兩百元的耳環和項鍊了。

我眼前這東西不知道值多少錢？既然是趙詩涵的，就一定是昂貴的精品吧！拿去賣掉的話，能換到不少錢吧，也許是我好幾個月的生活費？

等等！張怡慧，不可以，那是趙詩涵的東西，妳怎麼可以偷好朋友的東西？放回去吧。但是……

這些東西若能換成現金，媽媽是不是就能放心地去做手術了？

而且，這盒子裡有那麼多東西，少了一兩樣，應該不會被發現的。

良知在一瞬間斷線了。

除了那個皇冠戒指以外，我還拿了一副珍珠耳環，才將木盒小心地蓋上，放回原本的位置。

3 替罪者

早上的第二節下課，我到數學老師那裡，補交遲交的習作訂正。結束之後，還沒走到教室，遠遠地就看見教室內似乎有陣騷動。

怎麼了？又吵起來了嗎？這次是誰和誰吵？又是什麼事呢？

班上同學總是會為了小事吵起來，狀況輕的話，大概就是好幾天的冷戰；嚴重的話，原本的好朋友可能會在眨眼之間變成仇人，再也不相往來。

還好，我和趙詩涵都不會這樣。

我只差幾步路就進到自己班的教室了，騷動的聲音也聽得越來越清楚。

她們好像在討論趙詩涵？

「趙詩涵說她的東西不見了。」

「是什麼？」

「好像是她帶來要送人的飾品，有幾個不見了。」

「有人偷拿嗎？」

我的心突然一慌。

怎麼辦，還是被發現了。

我已經在拍賣網站上把偷來的東西用近萬元賣掉，打算週五放學之後就拿去寄給買家。為了怕被發現，這幾天我一直把它們藏在制服裙的口袋裡。

我呆愣在教室後的門外，思索著應該怎麼辦才好。

「不如搜一下所有人的書包吧？」有人提議。

「這樣好嗎？可能不是班上同學拿的。」

「既然沒拿，幹麼怕搜？」

我緊張得不得了。

接著，所有人的目光都集中在坐在教室前方的趙詩涵身上，接近後門的地方沒什麼人，我便悄悄地從後門走進教室，把那兩樣東西迅速放進我看見的第一個座位上的鉛筆盒裡。完成後，我強壓下慌亂，往人群聚集的地方走過去。

「怎麼了？發生什麼事了？」我故作無事地問。

宋玉婷看著我，面色沉重地向我解釋：「詩涵的飾品不見了兩樣，她說那是要送給妳的。」

「什麼？」

天啊，既然是要送給我的，我何必要偷？

張怡慧，妳笨死了！

我心頭出現了很複雜的罪惡感。

身為朋友，趙詩涵有好東西，一定會和我分享，我居然會想到要用偷的！

我的天，我超級對不起她的！

趙詩涵站在宋玉婷旁邊，帶著歉意跟我說：「那些飾品是我這次放假時跟爸媽去逛街買回來，想分送給班上同學的。我特別挑了兩個給妳，其中一個是皇冠造型的戒指，另一個是小珍珠耳環，都很可愛，我認為很適合妳的。」

「這樣啊……」我只能裝作不知情地回應：「那現在該怎麼辦呢？」

班長嚴肅低沉的聲音從我們身後傳來：「我就說了等下上課先跟老師借幾分鐘的時間，搜一下大家的書包和抽屜，說不定就能找到。」

「有沒有可能是不小心弄掉，而不是班上同學偷的呢？」我想辦法轉移話題。

「反正搜一下就知道了。」班長仍然堅持自己的提議。

趙詩涵有點為難地看著班長，猶豫了好一會兒才說：「可是，這樣好像很對不起大家，同學們都是朋友，不應該這樣彼此懷疑的。」

「沒關係啦，既然是朋友，就不怕被搜。」身旁另一個同學附和了班長的話：「要是真的搜到了，我們也不用把那個人當朋友了。」

「趙詩涵，妳不用怕。」班長拍拍趙詩涵的肩，要她放心：「這事我來處理，待會上課的時候，我會跟大家說清楚的。」

我朝方才被我塞入「贓物」的座位看了一眼，確認了那是陳儀心的位置。

我害了陳儀心，而我只能這麼做。

如果被抓到的是我，趙詩涵一定會非常難過，我與她這兩年多來所累積的回憶和友誼，也會在一瞬間毀壞。而且，大家都知道我和趙詩涵是最好的朋友，要是她們知道我偷了她的東西，一定不會放過我，我會成為班上的邊緣人，再也沒有人願意理我。

陳儀心在班上的人緣不是太好，雖然住在同一間寢室，她也沒有特別和我們走得近。她不常與人說話，似乎對交朋友也沒有太大的興趣，所以，如果大家認為小偷是她的話，她會受到的衝擊應該比較小吧，因為她看起來就是不太在意別人的樣子。

上課鐘響沒多久，班長已經先前去請這堂課的老師晚十分鐘再進教室。接著，等大家都就定位以後，她把剛剛發生的事由頭至尾交代了一遍，要大家開始互相檢查隔壁同學的座位與書包。

很快的，教室後方發出一聲驚呼，是坐在陳儀心隔壁的同學：「班長！陳儀心的鉛筆盒裡有這兩個東西，是不是趙詩涵的？」

班長抬起頭，拉著趙詩涵就往陳儀心的位置上走：「妳看看，那些是不是妳的？」

站在陳儀心的位置前，趙詩涵才看了一眼，就露出了驚訝又為難的表情，沉默著不說話。

見趙詩涵沒有反應，班長又催促了兩聲：「怎麼樣，是妳的嗎？」

「我以為搜不到，因為我根本不認為是班上同學偷的。」趙詩涵緊皺著雙眉，難過地看著陳儀心：「儀心……」

教室內掀起一陣騷動。

「沒想到是她欸。」

「她幹麼偷啊？」

「我以為她只會寫程式，沒想到還會偷東西。」

面對所有的指控，陳儀心面無表情地應了一句：「不是我偷的。」

「那為什麼東西會在妳的鉛筆盒裡面呢？」班長質問她。

「我不知道。」對於自己的處境，陳儀心僅只是短暫地握起拳頭，冷著一張臉，如往常一樣，僅有簡短的回應：「我沒有拿趙詩涵的東西。」

「妳有什麼證據能說明不是妳做的嗎？」班長看著陳儀心，臉色並不是太好。她說：「不然，東西在妳的鉛筆盒裡，八成就是妳拿走的。」

大部分的同學，也都附和班長的話，紛紛要求陳儀心拿出證據。

在場的人，幾乎沒有一個是站在她那邊為她說話的。

除了……趙詩涵。

「儀心，真的是妳拿的嗎？還是有什麼誤會，請妳一定要說出來。」趙詩涵朝陳儀心走近了兩步，還帶著一線希望似的。

「我沒有拿。」陳儀心依舊淡淡地回應。

「說沒有就可以撇清關係了嗎？」一旁有人發出不滿的回應。

「對啊，趙詩涵，不要相信她啦，她只是找不到理由，又不敢承認。」另一個人又說：「不然東西是自己長腳飛到她鉛筆盒裡去的嗎？」

陳儀心不再答腔，她接下來的反應非常出乎大家的意料之外：她居然坐回位置，從抽屜拿出程式書，若無其事地讀了起來。

這下，讓大家更不滿了。

「哇塞，這什麼態度啊？」

「我第一次看到小偷這麼囂張的。」

憤怒的回應此起彼落，然後，在吵雜的討論之中，出現了持不同看法的言論：「妳們只在她鉛筆盒裡找到東西，但有誰目擊了她的犯案經過？」

大家回過頭，聲音的來源是林君宸，與我同寢室的室友。

「林君宸，妳說什麼啊？」班長不解地看著她。

「我的意思是，妳們現在只能確定『贓物』出現在陳儀心的鉛筆盒裡，但有人看見她從趙詩涵的盒子裡把飾品偷出來，並且收進自己的鉛筆盒裡嗎？」

全場一片沉默，沒有人能反駁林君宸的問題。

「沒有人看見對吧。」林君宸條理清楚地解釋著：「那麼，會不會是趙詩涵發現東西不見了，班長又要搜大家的書包，所以小偷在情急之下，就把東西塞進陳儀心的鉛筆盒裡，好藉此脫罪呢？下課時間，人來人往的，陳儀心又沒有時時刻刻都把鉛筆盒帶在身上，被放進東西是很容易的。」

我的心突然地一慌，因為我的所作所為，被林君宸不慌不忙地說穿了。

她有看見是我做的嗎？

不，別緊張，應該沒有，否則她就會直接把我供出來了。

「君宸，妳這麼說也有道理。」趙詩涵對林君宸說：「妳知道真正的小偷是誰嗎？」

「如果妳也沒有一直把盒子帶在身上，那就很難說了，教室裡人來人往的，誰都有可能。所以妳們也不能就這樣認定是陳儀心做的。」

聽完林君宸的推論之後，大家又七嘴八舌地討論起來。

好險，目前還沒有人懷疑到我頭上來。

全班鬧哄哄了好一陣子，唯一平靜、彷彿什麼事都沒發生的，依舊是嫌疑犯——陳儀心。在對自己極度不利的情況下，她也幾乎無法得到在場者的信任，竟可以專心一致地在程式書上，甚至認真地做起筆記來，彷彿外界的嘈雜都與她無關。

大家談論好半天以後，還是沒辦法得到共識。

可是，下堂課的老師已經進教室了，班長只能要求大家回到座位上，並拍了拍陳儀心的桌子，示意她停下目前的動作，對她說：「陳儀心，如果妳沒有辦法證明自己是清白的，我必須請妳先跟我去一趟導師辦公室，把這件事情交給班導處理。」

陳儀心並無反抗，緩緩地起身，抱著那本與她密不可分的程式書，與班長一起走出教室，而林君宸也跟在身後。

對不起，陳儀心。

我不能自首，我無法失去趙詩涵這個朋友。

4 這就是「作賊心虛」嗎？

午休時間，趙詩涵請我陪她去一趟合作社，說會順便買小點心請我吃，我很愉快地跟著去了。

在路途上，她主動跟我聊起飾品遭竊的事情。

「我想了一個早上，也覺得陳儀心並不是真正的小偷。」

我又是一陣心慌，要非常努力地克制，才能保持鎮定的樣子。

而且，我很害怕趙詩涵發現我不對勁，這就是成語字典上說的「作賊心虛」嗎？

雖然很痛苦，可我也沒有辦法回頭。

「怎麼說呢？」我若無其事的回應。

「因為，我後來想到，在我把飾品帶回來的那天晚上，房間裡只有她在。所以我有先問過她有沒有想要什麼，可以送給她。」趙詩涵說：「可是，那時候她看都沒看，就跟我說她不需要。她既然不想要，為什麼之後要用偷的呢？這沒道理啊！」

啊？有這樣的事？

這表示趙詩涵確定陳儀心並沒有偷東西的意圖，並相信小偷另有其人？要是她繼續調查下去的話，會不會發現就是我做的？

天啊，怎麼辦？

如果現在的我是漫畫裡的角色，畫面上大概會出現一道雷，重重地往我的頭頂擊落。

磅啷！

不行，我要冷靜下來。

張怡慧，妳已經把偷來的東西丟出去了，贓物不在妳身上，妳就不是小偷。不要怕，這樣想就對了。

「有沒有可能她後來後悔了，還是想要那些東西，就決定偷了。」我試圖模糊焦點。

「用偷的太不明智了，她可以再問我啊，我會給她的。」

「可能是不好意思跟妳說？畢竟，她先拒絕妳又反悔啊！」

趙詩涵思索了一會兒之後，對我提出其他「疑點」：「可是，要是她真的偷了，為什麼要藏在鉛筆盒那麼顯眼的地方，而且還不拉上拉鍊，這太容易被發現了。」

「老師不是有說過：『最危險的地方就是最安全的地方』？也許陳儀心就是這樣想的。」

「我不認為陳儀心有這麼笨欸，學校這麼大，為什麼她不藏在一個不會被發現的地方？」對於我的說法，趙詩涵再次提出反駁：「而且，以往她對於與她無關的事情，都沒有特別的反應，不是嗎？所以，東西被發現後，她居然還可以很自在地看書，可見，她心裡應該認為這件事是與她無關的。」

天啊，為什麼我提出的每一種說法，都會被趙詩涵抓到漏洞？

過去我不曾見過趙詩涵和陳儀心有多好啊，她現在怎麼一直幫陳儀心說話呢？還是她已經發現真正的小偷是誰了？

怎麼辦？

「也……也許她只是故作無事，好讓大家相信不是她做的。」

「怡慧，妳就這麼認定，儀心是小偷嗎？」

趙詩涵突然停下腳步，很困惑地看著我。

「怎麼了嗎？」我勉強地露出笑容：「東西就是在她那裡被發現的啊！」

「妳難道都不會懷疑，她有可能是被陷害的嗎？」

「啊？」我錯愕地望著趙詩涵。

「我覺得很奇怪，妳一向都很善良，對班上同學也不會有不好的想法。我以為妳也會認為這件事有隱情……」趙詩涵看著我，緊皺的眉頭讓我越看越不安。她又說：「這次，妳卻完全不覺得陳儀心可能是被冤枉的，甚至斬釘截鐵地說她就是在耍詭計……」

「詩涵……」

「怡慧，我覺得妳怪怪的。」趙詩涵說出了讓我害怕的懷疑。

我們在討論陳儀心是不是凶手，問題應該要放在陳儀心身上啊！趙詩涵怎麼突然轉移焦點，討論起我的狀態？

「哪有怪怪的？」我焦急地對她擺了擺手，想打破她對我的懷疑：「同學們都覺得是她做的，所以我這樣懷疑，很合理啊！」

「妳……」趙詩涵猶豫了好一會兒，才緩緩地對我說：「是不是發生什麼事了？」

「啊？什麼？」我尷尬地笑了笑，「我哪有什麼事啊？」

對我的話，趙詩涵似乎還抱持著懷疑的態度：「希望真的是我多心了。」

「詩涵，有人跟妳說了什麼嗎？」我仍然盡我最大努力地裝傻。

趙詩涵深吸了一口氣，本來還想說些什麼，卻僅是搖了搖頭，結束方才的話題，說：「沒事，我們去合作社吧！」

「嗯。」

該怎麼辦？

想個無關緊要的話題，轉移趙詩涵的注意力吧？

向前走了幾步路以後，我還在想該開什麼話題才好，趙詩涵又對我露出了往日那般的單純笑容：「妳想吃什麼？」

我在心裡大大鬆了一口氣，這一關應該暫時過了吧。

剛剛緊張過度，消耗了很多力氣，肚子也跟著餓了起來，發出咕嚕咕嚕的叫聲。所以，我對趙詩涵說：「菜肉包和牛奶，可以嗎？」

「一個包子夠嗎？」趙詩涵溫柔地說：「要不要再買一包妳最喜歡的蘇打餅？」

「好喔！謝謝妳！」我由衷地對趙詩涵表達感謝。

要不是因為趙詩涵，我根本無法天天有這些零食、點心可以吃；一旦失去這個朋友，我目前所擁有的一切都會消失，食物沒了、玩樂的機會也不再有，甚至連課堂筆記都得自己想辦法。

我會變回普通窮人家的孩子，每天為了三餐所困擾，再也無法去體驗外面的世界有多精采。

就算陳儀心之後會留下不好的名聲，那也是沒辦法的事。我陷害同學是不對的，但我更害怕趙詩涵和我絕交。

不管用什麼方法都無所謂，我一定要守住真相，千萬不能讓趙詩涵知道。

※　※　※

竊盜事件鬧到班導那裡之後，成為一宗不了了之的懸案。

主要是班導採納了趙詩涵和林君宸的說法，認為這事件「另有隱情」，陳儀心很有可能是被陷害栽贓的。

由於趙詩涵不認為陳儀心是「凶手」，班導當然不敢輕易地給陳儀心定罪，並承諾會再仔細地調查。畢竟，趙詩涵的爸爸是校董嘛，她說的話，師長們一定會謹慎處理的。

班上本來還有人感到不服，認為陳儀心應該要立刻接受處分，卻被班導厲聲喝止。

「妳們以『多數人』的意見結果做為陳儀心的犯罪依據，都不認為這是一種霸凌嗎？一個人有罪與否，講求的是證據，不該是眾人的決定。」導師花了半堂課的時間，跟全班分析整起事件的嚴重性。她又說：「竊盜屬於公訴罪，是會留下案底的。妳們想想看，要是陳儀心就這樣莫名其妙被定罪，如果之後發現是被冤枉的，妳們誰能為她的未來負責？」

臺下一片沉默。

大家知道若再堅持陳儀心有罪，自己便可能會多上一條「加害人」的罪名，紛紛不再對此事大放厥詞。

而我慌亂了好一陣子，深怕班導有辦法查出事情是我做的。

後來，好幾週過去了，事情都沒有進展，我也還是「安全」的。

我成功把大家的注意力都轉移到陳儀心身上了，從大家對她的態度轉變就可以看得出來。

原本，陳儀心只是不善言辭，也似乎不太喜歡和同學聊天，但沒做過惹人厭惡的事，所以大家常常會不自覺地忽略她，還不至於排擠。然而，在竊盜事件發生後，雖然趙詩涵、林君宸和班導都有幫她說話，但大部分的同學仍然認定就是她偷了趙詩涵的戒指和耳環。

討論得最激烈的，便是她面對種種指證時，不只不「承認」，還能若無其事地看書，於是，她也從班上的「邊緣人」變成了「自私鬼」。而同學們對待她，也從原本「無意的忽視」變成「刻意的排擠和忽視」了。

然而，趙詩涵真的很善良，她始終相信陳儀心並非真正的小偷。所以，當其他人衝動地對陳儀心做出排擠行為時，趙詩涵若是看見，一定會衝出來阻止；此外，趙詩涵莫名其妙地對陳儀心懷有歉疚感，覺得是自己的緣故，才會讓陳儀心受到惡意攻擊。於是，趙詩涵會主動向陳儀心釋出善意，比如，她從家裡帶回來的點心會有一份是陳儀心的，並藉此找機會和對方聊天。

無論是遭受大家的排擠，或是得到趙詩涵的特別照顧，陳儀心都和過往所表現出來的樣子一樣，她最關注的還是複雜的程式碼，對於身邊的人沒有多大的反應與交集。她永遠只活在她自己的世界裡，周遭的一切都與她無關。

接下來，大家對那天幫陳儀心說話的林君宸，也有了不一樣的看法。這一陣子有許多細細碎碎的流言，大多是在說，林君宸會挺陳儀心，是因為她暗戀陳儀心很久，無論陳儀心犯下什麼大錯，她都會盲目地認同。而且，林君宸的頭髮總是修剪得非常短，就像男生那樣，一年四季幾乎都是穿著制服長褲，沒看她穿過幾次百褶裙。所以，從高一下開始，就已經有許多人猜測，林君宸是喜歡女孩子的。

甚至，也有流言直接地說，林君宸和陳儀心早就在一起很久了，只是她們在班上沒什麼朋友，都挺「邊緣」的，才沒被發現。

不管班上的氣氛有什麼改變，對我來說也不是最重要的。

自從事件發生，我所關心的只有趙詩涵會不會懷疑到我頭上來。好在，那天從合作社回來之後，她就不再對我起過疑心了。

甚至，原本被我偷走的耳環及項鍊，她還是送給了我。她說，那兩個小東西，一開始就是要留給我的。

這一次，我再也不敢把它們給賣掉了。

一時愚蠢所犯下的大錯，可能要花上十倍，甚至更多的力氣，才有機會彌補。所以，除了上課的日子以外，我幾乎時時刻刻都把它們掛在身上，並且設法讓趙詩涵看見。

我希望趙詩涵能夠相信，我有多重視我們之間的友誼。

5 不尋常的她們

時間過得很快，轉眼間高三上學期就要過去，學測也剩不到一個月就要舉行了。

當大考成為唯一的生活目標，同學們也隨著沉重的壓力而逐漸變得安靜。再也沒有多餘的力氣與時間去討論偶像、別人的八卦，當然，也慢慢不再有人提起之前的竊盜事件。

緊繃許久的我，終於可以喘一口氣了。

寫在黑板上的大考倒數日數越來越少，就連我這種平常對讀書不太上心、成績也不好的人，都意識到該開始「臨時抱佛腳」了。可是，向來成績最好的宋玉婷，竟有點反常。

過去總是課本不離手、專心讀書的她，在這「火燒屁股」的當下，好像遇到了不愉快的事情，不太有心讀書。

她這種狀態，有點像是成語字典裡說過的……「魂不守舍」。

以前在放學之後，她要不是留在班上晚自習，就是去專任老師辦公室找化學老師謝新學，問一些她不懂的題目。最近的她很反常，我總是看見她呆呆地坐在宿舍的書桌前，對著手機螢幕發愣，除了偶爾嘆幾口氣之外，便是一動也不動的，像一具缺乏生命力的石像。

是家裡發生什麼事嗎？還是身體不舒服？

某次週日晚上，宋玉婷從家裡回到學校，一臉沉悶地放下行李之後，又打算往外頭走。雖然我對她不太了解，總覺得還是應該關心她一下，再加上我有些好奇資優生會煩惱什麼，所以，我本來打算陪她出去走走，但被她婉拒了。

等到趙詩涵回來以後，我忍不住問了幾句。

「詩涵，妳知道玉婷最近怎麼了嗎？她有點怪怪的欸，都沒認真念書。」

趙詩涵遲疑了一會兒，才說：「嗯？妳發現了什麼？」

我馬上把最近的觀察全都說給趙詩涵聽：「她最近都沒留在班上晚自習，常常一個人坐在宿舍裡面，無精打彩的樣子。雖然她考試成績還是很好，我就覺得她沒有以前那麼用功了。」

「原來妳也有這種感覺。」這時候，趙詩涵點頭認同了我的觀點。

「是吧，妳也是這樣想的吧？」我很高興能與趙詩涵有同樣的想法，這應該代表我們是同一個世界的人吧？「妳有問過她嗎？」

「還沒有……」

「那……妳認為她可能發生什麼事了？」為了掩飾自己並不是出於好奇，我補充了一句：「我有點擔心她啦！」

「我……」趙詩涵欲言又止，顯得有些為難的樣子。

「怎麼了？」

「這只是我的猜測，還沒有很確定，所以，怡慧，聽完以後一定要保密，不要說出去，好嗎？」趙詩涵小心翼翼地看著我。

我立刻拍拍胸口對趙詩涵保證：「好好好，我一定不會說出去的。」

趙詩涵深吸了一口氣，說：「婷婷好像失戀了。」

「什麼？失戀？」我瞪大了眼睛，驚訝地問：「可是，之前都沒聽她說過有交男友啊！」

「可能……就不想讓我們知道吧！」

「妳為什麼認為是失戀呢？」我向趙詩涵提出我的看法：「宋玉婷一定是碰上了不好的事，才會情緒低落。但可能是家中發生大事，或是身體不舒服、東西不見了……之類的，為什麼一定是失戀呢？」

「我國中時有一個非常要好的朋友，到現在還是有聯繫，前不久我去她家找她，她把她最近失戀的事告訴了我。然後，她在描述回憶的過程中，表情和現在的婷婷一模一樣，一副『為情所困』的樣子，我才會懷疑婷婷失戀了。」

我恍然大悟，說：「哦，原來是這樣啊。」

「最近我會找機會和她聊聊，看她願不願意告訴我。」趙詩涵很擔心地說：「快要大考了，我很害怕她會因為這樣，導致考試失常。」

「這樣的話就太可惜了。」我跟著附和。

對一個資優生來說，考試沒考好，一定是很大的打擊吧，因為那是自己擅長的領域啊！

對我來說，就沒那麼嚴重了，我平常考試就很差勁，早已覺悟大考也不會考得多好。

「我會想辦法關心她，在這之前要先請妳保密，以免刺激到她。」趙詩涵再次提醒了我。

「我知道我知道。」我拚命地點頭，希望趙詩涵不要擔心。

沉默了一會之後，趙詩涵抬起頭，有些困惑地問我：「怡慧，妳剛剛說妳是擔心婷婷，才問我那些問題的吧？」

「對啊！」我不假思索的回應。

「然後，我說我懷疑婷婷可能是失戀的時候，妳也提出了疑點。妳認為造成心情低落會有很多種可能，不一定是失戀。」

「對啊！」我點點頭，說：「就像快樂的原因有很多種，難過也是啊！」

聽到這裡，趙詩涵的表情變得有點奇怪：「我好像不太了解妳欸，怡慧。」

「啊？」

發生了什麼事？我又說了什麼讓她感覺不對勁的話嗎？她的表情很嚴肅，平常那副溫柔親切的樣子又消失了。

我的心一陣慌亂。

「妳會擔心宋玉婷，也會提出妳覺得不合理的疑點。這表示妳是會關心同學，也會仔細思考事情的。」她看著我的目光，很不友善，我幾乎要焦慮到爆炸了。接著，她說：「所以我覺得很奇怪，妳上次到底為什麼會斬釘截鐵地認為陳儀心就是『凶手』啊？」

怎麼會？我兩次事件的反應是不一樣的嗎？不對啊，這本來就是兩件不同的事情，趙詩涵怎麼會同時拿出來比較，並認為我有事情在瞞著她？

我好混亂。

天啊，拜託，不要懷疑我！

「對不起，詩涵，我聽不太懂妳在說什麼耶。」我為難地笑著。

「我覺得上次的偷竊事件，妳很反常。」趙詩涵說：「妳好像是為了隱瞞某些妳不想說出口的事，才堅持陳儀心是小偷。」

天啊。

我原本以為趙詩涵不再對我有疑心了，想不到她還是記得我們之前的對話。

我的慌張像是打翻珍珠奶茶，滿地的液體和滾落的細碎顆粒，必須要立刻收拾，又不知道如何下手。

「啊，妳誤會了啦！」我尷尬地解釋著，呼吸又急促了起來：「上次是因為大家都說是陳儀心，我就沒有多想了。後來，我也有把老師的話放在心上啊，不能因為東西是在陳儀心的鉛筆盒裡找到，就一口咬定她是小偷。我誤會了她，我也很後悔啊！」

趙詩涵微微皺起眉頭，問：「怡慧，妳在緊張嗎？」

「不，不是啦！」

「那妳為什麼發抖？」

我在發抖？

低下頭，果真，我緊握的雙手正無法控制地抖動著。

我甩甩手，急著向趙詩涵撇清：「那是因為我不希望妳對我有誤會啦！」

趙詩涵看著我好一會，又以一副半信半疑的面孔對我說：「好吧，來吃蛋糕吧。」

趙詩涵打開了她帶回來的千層蛋糕，一層一層的餅皮裡，夾滿了奶油餡。

「看起來好好吃喔！鮮奶油超多的！」

子。

趙詩涵帶回的食物，從來都不會讓人失望。

「啊，店員忘了給我蛋糕刀！」趙詩涵又翻了翻放蛋糕的紙袋，一臉苦惱的樣子。

「沒關係，我有水果刀！」

我飛快地回到書桌前，從抽屜裡拿出水果刀後遞給趙詩涵。

「妳自己切吧，要吃多少就切多少，不要客氣！」趙詩涵把盤子給了我，一面問：「婷婷呢？還沒回來嗎？」

我切好一塊蛋糕，不小心切太大塊了，放不進盤子裡。於是，我又把它稍微切小塊一點，一邊隨口回答：「她已經回來了，但是剛剛說有點悶，要出去走走！」

「好，我去找她吧。」趙詩涵說完，切了另外一塊蛋糕，拿著它準備離開宿舍。

「以知傲哈愛啊以嗎（妳知道她在那裡嗎）？」因為嘴巴裡都是蛋糕，我話說得不是很清楚。

「我知道，妳慢慢吃吧。」

然後，她不再多說什麼，轉身走出宿舍房間。

趙詩涵關上大門之後，我放下手裡的盤子。其實，我剛剛是故意用吃東西來逃避她的追問。

心情不好，我沒法細細品嘗蛋糕的滋味，甚至覺得膩口，吃不下。

我很希望跟趙詩涵相處時，不要一直出現讓她起疑的狀況。趙詩涵比我聰明太多了，如果每一次我的反應都這麼慌亂，她遲早會認定我有祕密瞞著她，決定疏遠我。

我應該怎麼做才好呢？向她承認東西是我偷的？就如實地告訴她，我是因為媽媽沒錢去開刀，才想要偷那些東西拿去賣。

她會原諒我的吧？

可是，我栽贓給陳儀心的行為，要怎麼解釋？趙詩涵一定會覺得我很可惡吧？知道事情的真相以後，還願意和一個滿口謊言的人繼續做朋友嗎？

無論是誰，都不願意吧？

所以，張怡慧，妳千萬千萬不能承認自己偷了東西。再慌張不安，都要矢口否認，這是唯一的做法。

這段時間，就再對待趙詩涵好一些吧，跑腿、拿書包……我什麼都願意為她做，只要她像以前一樣，樂於和我分享她生活上的大小事，把我當作最好的朋友。

老天啊，這是我唯一的願望。

6 我的機會來了

這天晚上，想著趙詩涵的事想到非常煩躁，熄燈之後我在床上翻來覆去，躺了許久都毫無睡意，直到天快亮，才恍恍惚惚地進到淺眠狀態。

我在睡前忘記切掉手機的網路連線，於是在隱約之中，一直傳來通訊軟體發出的震動提示聲，而且是接連不斷的。

我好不容易要投入睡眠，又為了那煩人的震動聲再次清醒。我不耐煩地嘆了一口氣，摸黑從枕頭旁找到手機，點開畫面。

這下好了，再也沒有睡意了。

在全班同學都有加入的交流群組裡，有人上傳了好幾張宋玉婷和化學老師謝新學的親密照，有擁抱的、親吻的，也有攜手出遊的合照。這幾張照片清楚地證明了一件事：宋玉婷和謝老師正在交往。

群組上亂成一團，本來就沒睡的人，因為這個「勁爆」的話題，大概會一路討論到天亮；已經睡著的，也會被討論的聲浪吵醒，跟著一起加入話題。

已讀人數越來越多，批評的內容也越來越不可控制，當然，都是以攻擊宋玉婷的居多。

班上的同學怎麼都那麼容易受他人事件影響，而變得瘋狂呢？

上一次，因為偷竊的事，幾乎所有人都拚命地圍攻陳儀心，像是對遊街示眾的囚犯丟雞蛋一樣；這次換宋玉婷出事了，大家又開始妳一言我一語地評論起道德標準問題。

因為有同樣的目標，看起來很團結，但真正的團結應該不是這樣吧？

算了，不要想太多，畢竟曾經差一點點，在群組上被拿來當話題討論的，可能會是我。

還是跟著一起旁觀宋玉婷的事，比較安全。

宋玉婷犯了學校嚴正禁止的大錯，和謝老師發生了不倫的師生戀情，又在這種不堪的情況下被公開出來，她一定無法承受。

身為她的同學，我確實為她的處境感到擔憂，心中卻又隱約浮現莫名的好奇心。

宋玉婷崩潰以後會怎樣？

她還敢繼續上學嗎？還是會羞愧地跑回家？

她又會怎麼解釋自己跟謝老師的關係呢？

我以為像我這種笨蛋，才會不小心犯下愚蠢的錯誤。

昧著良心偷了好朋友的東西，展開一連串的悲劇，不只沒能把東西賣掉改善家裡的經濟，還陷害了無辜的人，更要面對好友出其不意的懷疑。

最吃力不討好、又令人不安的，是我必須做出一大堆彌補，以重新取得朋友對我的信任。

要是能重來，我絕對不會再做一樣的蠢事。

所以，我不懂的是，宋玉婷這麼聰明，怎麼也會犯這麼大的錯？

當我和趙詩涵把宋玉婷叫醒，並且把群組上的東西拿給她看之後，她出現了非常失常的反應。不知道她哪來的證據，一口咬定照片是趙詩涵傳出去的。

然後，她就發瘋了。

宋玉婷發出了像野獸的嘶吼，眼神非常凶狠，將趙詩涵壓倒在地上，不停地對趙詩涵揮著巴掌。

宋玉婷平常話不多，至少不會像陳儀心那樣不說話也沒表情。多半的時候，她都帶給人一種沉穩又神祕的距離感，大部分功課好的學生都是這種氣質。

而且，她和趙詩涵一向很有話聊，她們會談到很有「深度」的東西，我都聽不太懂，也插不上話，才會覺得她們倆的交情比較好。畢竟兩個都很優秀嘛，能跟上彼此的「頻率」。

現在披頭散髮、毫無理智的她完全不聽解釋，像是對付敵人一樣，對趙詩涵充滿了殺意，讓我懷疑她是不是人格分裂了。

她們不是好朋友嗎？

此時宋玉婷的眼光，是真的想殺死趙詩涵。

啪、啪、啪……

宋玉婷對趙詩涵揮下的每一次痛擊，都卯足全力。

令人害怕的拍擊聲，以及趙詩涵無助的哭喊，讓室內的氣氛變得非常緊繃與可怕。

憑我一個人的力氣，根本沒法把處於失控狀態的宋玉婷從趙詩涵身上拉開，我請其他兩位室友幫忙，才終於讓趙詩涵脫困。

當我抱住趙詩涵細瘦的身體時，她整個人都在發抖，一邊落著淚水，一邊喘著氣向我解釋她是無辜的。

她臉頰上浮現好幾個紅腫的指印，天啊，一定很痛吧！

驀地，一個可怕的想法突然從我腦海裡冒出來：如果有一天趙詩涵發現小飾品是我偷的，她會不會像眼前的宋玉婷一樣，用這種殘酷的方式反擊我？

我低頭望向靠在我懷裡，像受驚的小動物般不停發抖的趙詩涵，拚命地告訴自己，不會的，趙詩涵是天使，她跟其他人不一樣，絕對不會殘忍地對待身邊的朋友！只要我對她好，她就不會變成這樣，不會的！

所以，現在我要往好處想：宋玉婷和趙詩涵鬧翻了，應該很難再和好，接下來，與趙詩涵最親近的，就剩下我而已了，不是嗎？

而且，趙詩涵脫困的時候，最先抱住了我，可見她最相信也最需要的就是我，我應該好好把握這次機會，讓她知道在她最脆弱的時候，只有我會在她身邊陪伴著她。

這樣一來，她就會信任我了吧！

有了實際的想法以後，我立刻展開行動，一面安慰趙詩涵，一面小心翼翼地扶著她，將她送到保健室去。

氣氛沉重的一天也開始了。

宋玉婷的事情很快傳遍整個校園，無論是她與謝老師的不倫戀，還是她失控打了趙詩涵的恐怖行為。

學校又躁動起來了。

然而，趙詩涵還是跟以前一樣善良，她完全不與宋玉婷計較，甚至在校長面前盡力地幫她說好話。可是，宋玉婷還是不覺得自己有錯，聽說還表現出一副毫不在乎的態度。

和我料想的一樣，宋玉婷打算徹底與趙詩涵決裂了。

今天大部分的時間，我都跟著趙詩涵一起行動，以往常常走在她和宋玉婷身後的我，突然可以邁進一大步，和她並肩而行了。

這感覺滿好的，過去三人同行的時候，我一向插不上什麼話，現在竟能自在地與趙詩涵談心了。

對我來說，一切都挺順利的。

只要照這個情況發展下去，我就會變成趙詩涵身邊最重要的朋友。那麼，過去我所擔心的事情，就都不會再發生了。

所以，張怡慧，妳這次千萬不可以再搞砸了。

※ ※ ※

整理書架的時候，我像往常一樣偷偷留意是否有趙詩涵想看的書，想幫她留下來。

趙詩涵今天的情緒應該很低落，不適合閱讀讓心情起伏太大的愛情小說，所以我問了圖書館老師的意見，挑了幾本輕鬆的圖文書，打算打工結束後帶回去陪她一起看。

今天圖書館沒太多事要做，不到七點，主任就讓我離開了。

在書架上爬上爬下地放書，其實滿耗體力的，雖然我已經吃過晚餐了，但到九點多的時候，應該又會想吃東西。

趙詩涵會不會留點心給我？

不管是麵包或是小餅乾都好。

想到有東西可以吃，我又開心了起來，踏著輕鬆的步伐回到了宿舍。

快要走到房間時，房內傳來了不尋常的碰撞聲。

7 我只是想讓她們閉上嘴而已

早上聽舍監說，為了避免宋玉婷再次攻擊同學，學校已經要求她搬出602寢室。

她離開了沒？

該不會在離開之前，又和趙詩涵起衝突了吧？

天啊，我還沒忘記宋玉婷攻擊人時，那副凶惡殘忍的模樣，要是她再次傷害了趙詩涵，趙詩涵承受得住嗎？

我實在太大意了，放學的時候該帶著趙詩涵跟著我去圖書館才對。她和宋玉婷一旦有獨處的機會，都是很危險的。

我加快了腳步，焦急地推開房間大門。

門開後，一陣讓人作嘔的腐臭味撲鼻而來，非常難聞，我忍不住閉上眼退了兩步。

「是什麼東西，怎麼這麼臭……」

話還沒說完，眼前可怕的景象，讓我嚇傻了。

宋玉婷滿臉是血地趴倒在桌上，而桌上是被翻倒的食物、血漬，以及不知名的混濁液體。她的眼睛張得大大的，沒有反應與氣息，好像已經死掉了……

然後，趙詩涵摀著嘴巴，跌坐在地上，神情痛苦地掙扎著。一些夾雜著血液的混濁液體順著她的手臂流了下來。

天啊！

怎麼回事？她們中毒了嗎？

我被嚇得說不出話來，失重地向後一倒，跌落在門邊。想起身，雙腳卻像是被釘死在地面上，動都動不了。

「救我……」趙詩涵看著我，虛弱地發出求救聲。

「我……」雖然很想回應，卻怎麼也發不出聲音來。

我現在幾乎沒有辦法思考，只有「我好害怕」四個字，在腦海裡來回不停地穿梭。

我好害怕。

我好害怕。

我好害怕。

我想離開這個地方，卻完全使不出力氣。

趙詩涵焦急且痛苦地向我求助，要求我叫救護車，或是請老師們來幫忙。然而，恐懼完全占據了我的思緒，我不受控制地發抖，眼淚也跟著落了下來。

此時此刻，是我這輩子見過最恐怖的畫面了。

死人、鮮血、血腥味、垂死掙扎……這些畫面不停地透過我的眼睛，硬塞進腦袋裡，而且，完全不在我能忍受的底線之內。

經過無數次的深呼吸，依然無法消除內心早已破表的恐慌。我明明想要移動雙腳，它們就是一動也不動的，不聽我的使喚。

我只能和在地上痛苦呼喊的趙詩涵對看著，無論是逃跑或是找人求救，我全都做不到。

過了一會之後，趙詩涵臉上的表情逐漸由痛苦轉變成些微的忿怒。她說：「妳……是……不會請人來……幫忙嗎？」

我再次對雙腿使力，還是一點用也沒有。

我真的快要承受不住了，無助地對著趙詩涵哭喊：「詩涵，對不起……我動不了！好可怕喔……怎麼辦！」

「……妳就……只會哭嗎？」趙詩涵的五官越來越扭曲：「白……痴……」

什麼？

是我聽錯了嗎？

以我對她的了解，她絕對不會說出「白痴」這種譏笑人的字眼，所以這句話稍稍喚回了我的理智。

我不解地看著她，問：「妳說什麼？」

「我很……痛！」趙詩涵瞪著我：「妳是看不……出來嗎？」

「我知道……可是……」

「那……為什麼不動？」趙詩涵憤怒地喊著：「為……什麼？」

「我我我……我動不了！」我慌張到連話都說不好了：「因為……太……可怕了，我好像腳軟了。」

「為什麼……這個時候……只有妳在這裡？」

眼淚越積越多，我的恐懼已經到了最頂點，就像點燃火的炸彈一樣，在「砰」的一聲之後，全都炸開了。

好可怕，我想回家。

爸媽，來救我，你們在哪裡啊!?

「去請人……來幫忙。」趙詩涵幾乎是咬著牙說出這些話的：「妳偷……我東西的事……我可以不跟妳……計較。」

什麼!?

第二次的爆炸聲響，從我腦袋裡傳來。

那件事情不是早該落幕了嗎，原來她一直都知道？是什麼時候發現的？又是誰告訴她的？

我再次向她確認：「妳知道了？」

她沒有答腔，只是痛苦地調適著呼吸。

「妳為什麼知道？什麼時候發現的？」

「不要……再問了……快去……請人……幫忙！」

不知道力氣怎麼回來的，我突然能走了。意識到這件事情時，我已經移動到趙詩涵旁邊，蹲下與她對視。

「妳一直都知道是不是？」

「張怡慧……我真的……會被妳……害死。」趙詩涵一邊說著，一邊猛烈地咳嗽，血水從她嘴角不斷地滑落下來：「白……痴……」

剛才可以當作聽錯了，這一次我肯定趙詩涵是在罵我。

那可怕的關鍵字，戳中了我心中某一個界線，除了恐懼之外，我也感到憤怒：「妳為什麼要叫我白痴，我們不是好朋友嗎？」

為什麼？

為什麼要叫我白痴？

趙詩涵，妳是天使啊，妳一直都很溫柔善良，不忍心傷害任何人，即使宋玉婷打了妳好幾個耳光，妳還是選擇原諒她了，現在為什麼殘忍地叫我白痴？

為什麼？

「為什麼？」我搖晃著她的肩膀：「為什麼妳要這樣對我？」

我才不是白痴！

我一直對妳很好，難道在妳眼中我就只是個沒用的白痴嗎？

才不是！

「白痴……張怡慧……妳這個白痴……」

不要！我不要再聽到妳罵我白痴了！

趙詩涵，請妳停止！

為了不讓趙詩涵再繼續說出可怕的話，我的雙手緊緊掐住她的脖子，她漲紅了臉，眼睛瞪得大大的。

她想要反抗，但身體已受傷害，施不出一丁點力氣。

「不要再說了！我不是白痴！」

我一直重複著這句話，而且每說一次，就加重了雙手的力道。

我不是白痴！

那一瞬間，趙詩涵消失在我的視線裡，取而代之的，是國中時曾經嘲笑過我的女同學，清秀的面容帶著惡意的譏笑，毫不留情地對我展開攻擊：「白痴張醜慧，這麼簡單的題目都做不出來喔？笨死了！」

「我沒有！我不是！」我吼著。

耳邊響起許多雜音。

「我不想跟麻臉女同一組啦！」

「那個張醜慧，醜就算了，還很笨！」

「做錯事了還笑得出來，她是不是白痴啊？」

不要。

不要再笑我了。

即便我長得不好看、我不聰明、我家很窮，我還是很努力地生活，每天都提醒自己要時時保持愉快的心情啊！我很努力了，為什麼妳們還要笑我？

我把全身的力氣都集中在雙手，我不想再聽見那些傷人的話了。

「我、不、是、白、痴！」

終於，四周安靜了下來，嘲笑我的聲音都消失了。

我鬆開雙手，緩緩地回過神來。

在我身下的趙詩涵，雙眼睜得很大，視線已經無法聚焦；原本十分緊繃的頸部放鬆了，舌頭也伸出來了，像吊死鬼一樣。

吊死鬼？

吊死？

死？

天啊，我做了什麼？

我只是想讓她閉上嘴而已，沒有要殺死她！

伸手推了趙詩涵幾下，她沒有反應。

空氣裡迴盪的惡臭，一再提醒著我，我跟宋玉婷一樣，因為一時的失控，犯下無法收拾的大錯。

而且，比上一次偷東西更嚴重。

看看眼前這恐怖的景象！

我不停地喘著氣，就快要呼吸不過來了。

隱約之中，我感覺到身後傳來細碎的聲響，回過頭去，是另一個室友——林君宸。

原來她一直都在房裡，只是在熟睡，沒人發現她。

林君宸睡眼惺忪地走下床，很快就因眼前的景象而愣住了。

「這什麼……」

在她看到癱倒的宋玉婷與趙詩涵以後，發出了驚慌的呼喊。

不行！

這樣大叫，會被人發現的。

「不要叫！」我連忙站起身，往林君宸衝過去。

林君宸看我衝向她，叫聲又更大了。我用力地以手蓋住她的嘴，嚴厲地喝止她：「拜託妳不要叫，別人會聽到的！」

林君宸的嘴因為被我遮住，音量減低了，但還是奮力發出尖銳的聲音，掙扎著想把我推開。

我將她推回床上，用盡最後的力氣將她壓制住。

「拜託妳，不要叫，不要說出去！」我一面喘著氣，一面對她說：「不能讓別人發現，也不能讓老師知道，不然我一定會完蛋的，拜託妳！」

在互相抵抗的過程中，林君宸掙脫了我蓋在她嘴上的右手，恐懼地問我：「她們……是妳殺的嗎？」

「不是我不是我不是我，我一進來，她們兩個就都中毒了，我不知道是誰做的！我不知道！不是我！」我焦急地向林君宸解釋：「我只是要趙詩涵閉嘴而已，因為她罵我白痴……不是我，我不是故意的，我沒有掐死她，不是我，妳相信我……」

呼吸越發急促，我已經快要不能好好說話了。

「妳掐死了……趙詩涵？」

「我沒有，我沒有，我沒有，我沒有！」我拚命地搖晃林君宸的肩膀，希望能取得她的信任：「拜託妳相信我，不要說出去……」

林君宸就像看著電視新聞裡的殺人凶手一樣，眼神帶著厭惡與不安，我知道她不會幫我的忙。

她一定會說出去的。

那麼我會怎樣呢？抓起來送進監獄，再被槍斃？

我不想死，我不要！

爸媽，我應該怎麼辦？

爸媽？

事情傳出去的話，爸媽也會受到波及吧？趙詩涵的父母會要求他們賠多少錢？學校呢？爸媽連手術費都交不出來了，這下該怎麼辦？

不行，絕對不行。

我要阻止這樣的事情發生，也一定要讓林君宸閉嘴。

我抬起頭，瞥見之前用來切蛋糕的水果刀，被我洗乾淨後暫放在一旁的桌上。

等等，刀？

用這個的話，應該可以吧？如果成功，林君宸就不會把祕密說出去了！

我用最快的速度拿起那把刀，林君宸想阻止我，已經晚了一步。

「妳要幹什麼？」

「妳能答應我不把事情說出去嗎？」我瞪著林君宸，再次向她確認。

因為我要拿刀，林君宸脫離了我的壓制，她轉過身，想從床的另一側逃走。

我見狀後，立刻將她拉了回來。

「妳要去哪裡？去跟老師說嗎？」我問。

「妳……冷靜！」

沒有辦法了，她一離開寢室，就會把這裡的狀況都說出去。

不行，絕對不可以！

我提起刀子，朝林君宸的腹部用力地刺了下去。

她的身體猛然往後一頓，在她再次發出驚呼之前，我將手掌重重地壓在她的嘴巴上。

「對不起……我沒有別的辦法！」我迴避了她死死盯著我的目光，「只有這樣，妳才不會把事情說出去……」

我抽出刀子，她的腹部出現了一個洞，緩緩地流出鮮血。

林君宸癱在床上，雙手還在空中無力地揮舞著：「救……我，救……救……」

聽見她還能發出聲音，我也像之前的宋玉婷，好似被魔鬼附身了，用什麼方法、甚至出賣靈魂也沒有關係，唯一的目標是讓林君宸閉上嘴。

我舉起刀子再往她肚子上刺了好幾下，不停地喊著：「妳閉嘴！妳閉嘴！妳閉嘴！」

林君宸發出了幾聲痛苦的悶哼後，雙手便垂落在床上，四周又安靜了下來。

太好了。

這麼一來，就沒有人能把這些祕密說出去了。

我伸出手，抹去額頭上的汗水，放下雙手時，才發現手掌上早已沾滿鮮血。不只我的手上，整張床上，還有地上，全都是這些紅紅黏黏的東西，我得把它們清乾淨才行。

胸口起伏得厲害，無論我吸入多少空氣，還是有缺氧的感覺。好喘。

為什麼這麼喘。

好難過，我快要呼吸不過來了。

一片寂靜的寢室裡，只剩下我混亂的呼吸聲。

我不能求救，因為別人進房後看到這一切，我就完蛋了。

要趕快復原才行。

加油啊張怡慧，做幾個深呼吸，沒事的，這些都會過去的。

我要冷靜下來。

跌坐在林君宸的床邊，我突然想到，該不會是剛剛精神過於緊繃，又做了太耗體力的事情，讓氣喘發作了？

好喘，真的好喘，呼吸困難。

沒關係，我有聽媽媽的話，把吸入器隨身帶著。

我伸出不停顫抖的右手，吃力地伸向百褶裙側邊的口袋裡，觸摸到那個小小的柱狀物體後，我露出了放心的笑容。

很快就會沒事的。

取出吸入器以後，我吃力地低下頭，試圖吸取藥劑。

身體真的沒有力氣了，一個不小心，手鬆動了一下，吸入器滾落在地面。

喀、喀、喀、喀……

瓶身敲擊地面的聲音離我越來越遠。

啊，完了。

我看了看周圍，想找出它掉落在哪，卻一無所獲。

空氣越來越稀薄，我不能呼吸了。

我會死嗎？

我不想死啊，都已經這麼努力地，走到這個地步了，為什麼我還是要死？

我今年才高三，我想考上大學，找一個時薪高的打工，賺很多很多的錢讓爸媽不要再那麼辛苦，我想好好活著。

神啊，可不可以再給我一次機會。

好喘。

咦，是開門聲嗎？

她們是來救我的，還是來把我抓走的？

可是，我好像已經……

第五證人

あんたに
死んでほしい

第三證人

趙詩涵

你的人生目標是什麼呢？
富可敵國的事業？揚名四海的名聲？
沉魚落雁的美貌？驚豔四座的才藝？
而你，會為了達成目標，付出多少努力？

可是，人們一生汲汲營營的東西，
我出生時就擁有了。
沒有什麼可以努力的，沒有什麼值得追求的，
我很幸福，也很無聊。

1天使或是公主，關我什麼事

我希望每天都像今天一樣快樂、幸福♡

去年寫的願望紙，至今還貼在黑板旁的小布告欄上。

這個設計，是我一手包辦的。

我將版面設計成日本神社裡掛置祈願繪馬的裝置，讓所有同學寫下心願後，一一張貼於此。這個布置讓我們得到了「班級美化比賽」的冠軍，同學們也非常喜歡。

之所以想做這個布置，還有一個小小的私心：我想看看其他人的願望。

大部分人的心願，不外乎是考上理想的大學、交到一個符合條件的男友，或是未來從事夢想中的職業……等等，至於我，就只簡單地寫下了上述那一句話。

因為我擁有的已經很多了。

美滿的家庭、優秀的學業、極佳的人緣、充裕的零用錢，以及出眾的外貌。以上五個條件，對於大多數的高中生來說，只要能夠擁有一半，就算是十分幸福的人了。

而我全都擁有。

我爸是全臺灣十大知名集團之一的執行長，同時也是誠宜中學的董事，我出生在一個極度富裕的家庭之中。

在家裡，我的起居生活有管家打理，出入都有司機專車接送，一個月的零用錢額度可能是其他同學的數十倍。在學校，因為父親的關係，所有老師都給予我特別的關注以及禮遇，不過，即便沒有這些特權，我還是能靠自己的本事，每學期都拿到全班前五名的好成績；在校外，我只是一如往常地走在路上，一定都會有被搭訕的機會，男孩子總會用盡各種方式取得我的聯絡方法，而女孩們總會羨慕地望著我，稱我為公主或是天使。

我是家中的獨生女，爸媽雖然日日為工作奔波，仍十分疼愛我，除了盡力抽空陪伴我之外，也利用了各種資源大力栽培我。

我能彈得一手好鋼琴，舉辦過好幾次售票演奏會，每個寒暑假也都有機會出國遊學，增廣見聞。

另外值得一提的是，爸媽每年都會為我舉辦盛大的生日會，受邀的賓客除了我的同學、朋友，還能看見許多人願意用盡一生幸運換取見上一面的偶像藝人。

我過得很幸福，也一直都是主角。

因為我的家庭背景、外貌、學業，我從來不需要特別做些什麼，自然而然就會有人來靠近我，希望能成為我的朋友。同學們總說我的人緣很好，事實上，是她們讓我擁有人緣，而不是我努力來的。

我過得很幸福。

但是，我覺得很無聊。

非常無聊。

同學們所關注的話題，不管是偶像、漫畫、電視劇、課業、戀愛、朋友，對我來說都是唾手可得的東西，毫無挑戰性。

在她們面前，我裝作一副熱絡的樣子，其實我對每一樣物事，都不感興趣。我的生命從出生那一刻就被安排好，註定會朝著大家眼中的「人生勝利組」走去，不會有意外，也沒有任何阻礙。既是如此，好像也不需要特別努力。

如果我說出這番話，大家應該會很意外吧？一個優秀的公主，怎麼會如此身在福中不知福？再來，「知足常樂」這句話，難道我忘了嗎？

可是，知足並不讓我感到快樂啊？怎麼辦？

我知道不會有人懂，這種感覺就好像我已經站在山頂很久了，而其他人都還在路途上庸庸碌碌地往上邁進，所以，我所待的地方就只有我一個人。除了風呼嘯而過的聲音之外，我什麼也聽不見。在山路上仰望我的人會怎麼看我呢？也許有羨慕、有嫉妒，但永遠不會明白我站在這裡，有多麼無趣。

於是我只能繼續以勝利者的形象站在山頭，扮演著人人趨之若鶩的理想樣貌，把一切難以言喻的感受，全都藏在心頭。

人們常說，若是找不到生命的熱情，就要想辦法踏實地度過每一分每一秒，從生活中尋找樂趣。我總會想，在我身為好女兒、好學生、好公主的日常之中，應該要怎麼做，才能讓自己快樂一點？

後來，在我的朋友身上，我找到了些微的趣味。些微的。

2 寵物的報恩

賺大錢，發大財，讓我的家人不愁吃穿。

張怡慧的願望就像她的人一樣，單純得可以。

她原本並不適合就讀誠宜中學。

入學有兩大條件，雖然只要符合其中一項便可，但無論是優秀的學業，或是足以負擔得起高額學費的家世，她全都沒有。

張怡慧十分矮小瘦弱，皮膚又黑又乾燥，長期缺乏保養，所以她的身體看起來就像是幾塊燒過的木頭拼裝起來的。而她的臉嘛，就是疏於防晒，雀斑滿臉都是，遮都遮不住；牙齒也沒有矯正，一開口就會看到排列不齊的糟糕樣子。總之，她不用多說什麼，任何人一看到她，就知道她家境一定不好。

我還聽說，她爸媽還有債務正在償還，她從小到大，都沒過上什麼好日子。既是如此，為什麼要逞強，把她送進誠宜中學呢？

因為，張怡慧在這裡，確實是非常突兀的存在啊。

張怡慧是沒有享受過生活的人，所以只要給她一些些她平時無法得到的小東西，她就可以開心得像是得道成仙那樣。與張怡慧相處的這兩年來，她時不時都會給我這種感覺。說實話，這點我真有些羨慕，因為我的快樂不曾能達到這樣的高度。

與張怡慧相處時的小小樂趣，大概就跟養寵物差不多吧。

餵她吃一些對我來說再平凡不過，她卻視為山珍海味的食物；偶爾再趁著放假的時候帶她去見識見識外面的世界，比如網美餐廳、ＫＴＶ、遊樂場之類的；再把我的課堂筆記影印一份給她，隨口教教她幾個基本概念，她就把我當成大恩人，凡是她能做到的事，一定會盡力回報我。

不過，她也就只能做跑跑腿之類的小事。

她功課不好，也不特別機靈，請她去合作社買個汽水，她會買成果汁；拜託她為教室布置採買材料，她一定會忘記其中一兩樣。

她是個想要報答主人的小動物，雖然什麼都做不好，但也無所謂。

反正，我要的也不是她的報答。

某一次，張怡慧大口吃著我帶回宿舍的巧克力蛋塔，布滿雀斑的臉上沾上一大片巧克力漬。

※　※　※

那個吃相，是窮人才會有的狼吞虎嚥。

於是，我想起爸爸曾經說過，窮人有個很大的致命傷——貪。他們害怕一無所有，所以眼前無論有什麼，都會用盡辦法揣進自己懷裡，管他到底是好的壞的。

突然，張怡慧發現我正在看著她，也不顧嘴裡還有沒有吞下的食物，就以含糊不清的口吻問我：「怎摸樣？窩嘴巴上是不是沾到巧呵力？啊，窩等下會擦掉啦！（怎麼樣？我嘴巴上是不是沾到巧克力，我等下會擦掉啦！）」

我點點頭，笑著遞給她一張衛生紙，說：「慢慢吃，不要急，這些都是妳的啊！」

「謝謝！謝謝！真的很襖吃！（好吃）」她一面說，又塞了一大口蛋塔進嘴裡。

看著張怡慧大快朵頤的模樣，我在盤算的是，如果「貪」是窮人的致命傷，那麼她呢？

張怡慧，出身貧窮的妳，能禁得住誘惑嗎？

※ ※ ※

收假之後，我從家裡挑了一些我用不上的飾品，有戒指、耳環、項鍊……那些女孩看了都會愛不釋手的東西，裝了滿滿一盒，回到宿舍以後就直接放在桌上。

道具就位了，我接下來的這場「戲」，需要一個小偷的角色。在這間寢室裡，誰最適合呢？

趁著空檔，我簡單評估了其他室友的狀態：宋玉婷有自己的飾品，而她的自傲人格不會允許自己做出偷竊的行為；林君宸像個男孩子，一般的日用品都是比較中性的款式，她不會對這盒子裡的東西感興趣；陳儀心的腦袋裡只有程式碼，雖然長得不差，平常卻也沒見她特別打理自己，再來，以她對所有人都漠不關心的常態來說，她甚至不會發現我帶回了這些東西。

所以，最有可能受到誘惑的，就只有那隻可愛的寵物——張怡慧了。

在接下來的幾天，我一直都把盒子放桌上，放學後也跟宋玉婷去自修室讀書到很晚才回寢室，為的就是要給張怡慧製造「機會」。

果不其然，不出兩天，盒子裡的東西馬上就少了兩樣。

然後，以張怡慧簡單的智商，根本沒想到要把東西藏在「安全」的地方。當晚大家都熟睡以後，我沒花多少時間，就在張怡慧的制服裙口袋裡，找到丟失的耳環和戒指。

張怡慧完美地證實了我爸爸的論點。

那麼，張怡慧，妳會為自己的貪婪，付出多大的代價呢？

※　※　※

幾天以後，我把演出的場地改到教室，而不是宿舍。

這種緊張刺激的戲碼要多一點人參與，才會顯得熱鬧。

沒有觀眾的獨角戲，不是很寂寞嗎？

在我焦急地說明東西不見之後，身為「正義魔人」的班長，馬上就無所不用其極地想辦法，打算在最快的時間內找到「凶手」。

沒有多久，在場的人便熱絡地討論起來。

當然囉，對於事不關己的人來說，有八卦可以參與，是一件多麼有趣的休閒活動啊，特別是在枯燥乏味的高三生活裡。

我刻意挑了張怡慧不在教室的時間，因為我想營造「措手不及」的氛圍。

看過戲劇的人都知道嘛，愈是緊張，衝突引爆時的火花就會愈大。等到張怡慧回到教室，偷竊事件將鬧到人盡皆知，她連心理準備的時間都沒有，只能憑她微薄的智商見招拆招。

所以，究竟她能不能全身而退，還是即將無所遁形，成為遭撻伐的「犯罪者」？

就讓我們繼續看下去吧！

天啊！這實在太有趣了。

嫻雅的大家閨秀，是我十八年以來最熟悉也最擅長的角色，以至於現在絕對不可能有人發現，我臉上表現得極為困擾，內心裡卻得意地拍手叫好。

為什麼我以前沒有發現，當編劇是這麼有趣的一件事呢？我想要的角色、想看見的劇情，全都在我一念之間。我想要誰活，誰就活；我想要誰入絕境，誰就跌落谷底，我就像是神一樣。

當初應該別選理組才是，待在文組，考上中文系或者戲劇系，我應該可以闖出一片天呢！

距離上課鐘響大概三、四分鐘前，張怡慧才回到教室。

面對眼前的騷動，身為「小偷」的她因為心虛，表情有些微的不自在。

「怎麼了？發生什麼事了？」張怡慧裝作什麼事都不知道，可惜演技實在太差，很難掩蓋她的慌張。

「詩涵的飾品不見了兩樣，她說那是要送給妳的。」

宋玉婷向張怡慧簡短地說明以後，張怡慧的表情馬上就轉變為錯愕。

「什麼？」

我略帶歉意地看著張怡慧，心裡對接下來的「劇情」走向，還滿期待的。

我對張怡慧說：「那些飾品是我這次放假跟我媽去逛街時買回來的，想分送給班上同學。我特別挑了兩個給妳，其中一個是皇冠造型的戒指，很可愛；另一個是小珍珠耳環，我認為很適合妳。」

是不是很後悔呢，張怡慧？

早知道那些東西都是我賜給身為寵物的妳的小小恩惠，妳還會做出愚蠢的事情嗎？現在是不是特別煎熬？

「這樣啊……」張怡慧只能拚命地假裝若無其事地說：「那該怎麼辦呢？」

接下來，班長馬上要求所有同學彼此檢查書桌、書包，以及衣服口袋，我顯得很為難的樣子。

因為在大家心目中，我是個善良的好學生，當然不能懷疑同學啊。

其實我也滿希望有人能拆穿我的假面具，就指著我的鼻子大罵：「趙詩涵，妳不要再假裝善良了！」也許，我就不會再感到無聊了吧，至少，總算有人看出我並非心甘情願地去做一個氣質高雅、談吐不俗，且又充滿同理心的千金大小姐。

可惜到現在，在大多數人的眼裡，我仍然是不容被褻瀆的善良公主。

「沒關係啦！既然是朋友，就不怕被搜。」

「要是真的搜到了，我們也不用把那個人當朋友了。」

誰也沒看穿我的城府，反而更義憤填膺，決心要抓出「凶手」。

那麼，我也只能繼續演下去囉。

我看著張怡慧額頭微沁汗珠、強顏歡笑的模樣，一個極觸動我心的想法緩緩浮現：當對方不知道妳已經掌握真相，還努力地在妳面前粉飾太平，真的會由衷地覺得她們很可愛，甚至不忍拆穿。

這讓我想起小時候，家裡的園子不知道怎麼了，跑來了一群螞蟻。那時的管家很害怕那些黑黑小小的東西，就在情急之下，從房裡找來一罐爽身粉，往螞蟻的四周灑下去。說也奇怪，牠們就像是大難臨頭，開始慌張得四處逃竄。

張怡慧現在大概就是被灑下爽身粉的小螞蟻吧。

我知道張怡慧害怕失去我這個朋友，畢竟誰有能力定時餵食她，並且給予各種她所匱乏的物質？班上除了我以外，沒有第二個人了。一旦我與張怡慧疏遠，她就得回去做一隻沒有主人的流浪狗。

所以，她既然對貧窮如此避之唯恐不及，接下來，她的貪婪會為她想盡辦法來掩飾罪行。

她的腦袋那麼不靈光，能想出什麼好方法嗎？

我有點期待欸，張怡慧。

不要說我從朋友身上找樂趣的行為很過分喔！如果張怡慧真心把我當成朋友，怎麼會偷我的東西呢？她現在之所以要付出代價，全都是自找的，明明可以當一條忠心的狗，過上好日子，為什要為了點蠅頭小利就背叛主人呢？爸爸的論點，實驗起來真是太有趣了。

幾分鐘以後，在班長的大力搜查之下，讓我感到意外的是，我掉失的東西並沒有從張怡慧身上出現，而是在與此事件完全無關的，陳儀心的鉛筆盒裡。

「沒想到是她欸。」

「她幹麼偷啊？」

「我以為她只會寫程式，沒想到還會偷東西。」

在班長的追問之下，陳儀心僅簡短回應：「不是我偷的。」

「那為什麼東西會在妳的鉛筆盒裡面呢？」

「我沒有拿趙詩涵的東西。」

對於自己的處境，陳儀心並沒有特別慌張，也看不出有其他的情緒，冷著一張臉，如往常一樣，非常的「省話」。

沒有解釋、沒有心情，只有是與非的兩極應對，便是陳儀心一貫的表達方式。

陳儀心是個滿腦子只有程式碼的女生，班上大部分的同學甚至覺得她可能有表達障礙。她通常與人的對話都非常簡短，也不會延伸話題，總讓人無法接續下去。所以，每次有人對她表達友善，想和她聊點什麼，最後總會非常尷尬。

然後，班上同學也偷偷給了她一個「句點王」的封號。

不過，我先前就說過了，像陳儀心這樣一個只會寫程式碼，也只活在程式裡的人，怎麼會對那些飾品有興趣？我幾乎可以篤定，一定是張怡慧在情急之下，把偷來的東西塞進陳儀心的鉛筆盒裡，自以為神不知鬼不覺。

說實話，這個完全不在我預期之中的轉折，使我對張怡慧有點刮目相看。

原本我以為她只會不知所措地站在那裡，等到被搜出東西後才聲淚俱下跟我道歉，說她不是故意要偷拿的，只是好奇拿起來看了看，但忘記還我；或是極力否認東西不是她拿的，一定是有人企圖破壞我跟她之間的友誼，讓我們產生嫌隙，才會故意把東西放在她身上。

萬萬沒想到，平時腦袋一點都不靈光，請她買叉燒包，她會買成芝麻包的張怡慧，處在危機當中，居然發揮了智商最大值，平安且順利地讓自己脫險。

說實話，雖然滿聰明的，我卻覺得噁心。

張怡慧，在妳用那短短的幾秒鐘，決定將一切嫁禍給陳儀心的時候，妳難道沒有一點遲疑或不忍嗎？

為了一副耳環與戒指，單純的張怡慧變身成城府深沉的心機鬼，可見，貪婪的力量實在是太偉大了，可以讓人為達到目的而不擇手段，甚至把不相干的人拉來一起陪葬。

接下來會發生什麼，都沒那麼重要了，反正，這隻寵物的一切，我看透了。

※ ※ ※

後來，我私下找過班導，向她分析我對陳儀心的理解，並表示偷竊事件應該另有隱情，請她不要那麼快就對陳儀心有所處分。

「雖然班上同學都認為是陳儀心做的，但這樣就能做為犯罪證據的話，我覺得好像是在霸凌陳儀心。」

這簡單的兩句話，就足以讓班導認為我極有同情心。

「妳說得沒錯。」班導點頭附和我：「其他同學提出的證據都很薄弱。東西要是在陳儀心的口袋裡找到，那還比較能認定是她偷的，因為口袋是隨身的。鉛筆盒那種東西，不在她視線範圍的時間太多了，誰都有機會放東西進去。」

「所以我希望老師能再幫我查查看，小偷也許另有其人。」我並沒有供出張怡慧，因為我還等著新的劇情啊！所以，我說：「還有……班上的同學，也要麻煩老師跟她們溝通一下，好像已經有人開始排擠陳儀心，我覺得這樣不太好。」

「我知道，這些是我應該做的。」

「謝謝妳，王老師。」

班導對我露出溫柔的笑容：「詩涵，妳真善良，總是能為同學著想。」

「我不希望無辜的人受到傷害，拜託妳了，王老師。」我對班導鞠了個躬。

她當然不會察覺，我笑容裡的深意。

後來的幾天，因為心虛，張怡慧更加倍的對我好，一切都百依百順的，跑腿、購物、繳作業，甚至在圖書館打工的時候，幫我留下我想看的書……等等，不管什麼大小事，她都會主動衝出來要幫我做。只可惜，她的腦子又回到不靈光的等級，包子會買錯，繳作業的時間會記錯……

什麼都做不好，又什麼都想做好，真是一條沒用又可悲的狗呢。

當我刻意刺探她是不是有事情瞞著我，她就會開始故作鎮靜地裝瘋賣傻，直到我轉移話題為止。

這時候，腦裡就會再次浮現那句至理名言——貪，是窮人的致命傷。

死性不改。

這齣戲到這裡，也暫時沒有什麼新意了，就讓我們去看看另一個情竇初開的少女——宋玉婷，現在怎麼樣了吧。

3 如果沒有我，她會很幸福

希望遇見一個愛我的人，執子之手，與子偕老。

這是宋玉婷寫下的心願。

如果班上沒有我的話，她就會是最受矚目的風雲人物吧？以極佳的成績入學，年年都有高額的獎學金可拿。三年以來，幾乎所有的大考都能拿到第一名，宋玉婷在讀書這方面一向比我還要優秀。

至於其他的，長髮、清秀的外表，以及帶點自傲的冰山美人氣質，是電視劇裡典型的資優生長相，算是漂亮的。我們一起參加校外科展的時候，也有許多他校的男學生會主動接近她。

家世呢？我記得她爸爸是公務員，雖然這種家庭背景對我而言不是特別突出，也算是標準之上的小康家庭了。

只可惜，我與她是同班同學。

在三年C班，除卻課業成績，因為有我的存在，宋玉婷的一切，就顯得遜色了。

要是宋玉婷的夢想是以優秀的成績考上第一志願，那我也沒什麼好說的，畢竟是她一定能做到的事情嘛。偏偏，她的夢想既庸俗又膚淺，跟所有無知的高中少女一樣，嚮往一段刻骨銘心的愛情。

為什麼有人想用伴侶來突顯自己的人生價值呢？我不懂。

可是，有趣的地方就在這裡了。

那純粹是我意外的發現，許多原本「看中」宋玉婷的男同學們，只要我在他們面前表現得熱絡一些，他們很快就會放下宋玉婷，開始積極地追求我。

宋玉婷那失落的眼神，以及為情所困的苦楚，我莫名地感到振奮。

雖然，我所學過的每一則道德觀都一再告訴我，這個行為是不對的，不應該把快樂建築在他人的痛苦上。但，每一次成功剔除宋玉婷剛種下的感情種子，我回家都會對著鏡子笑上許久。

我很久沒有這樣發自內心的開懷大笑。

況且，我並沒有跟宋玉婷爭奪喔，我不過和男生們聊了幾句而已，而且話題都是再平凡不過的生活瑣事。畢竟，我一點都不想談戀愛，不是因為我爸媽不希望我在學生時期就接觸這些事，而是我剛剛說過的，我不需要透過另一個人來突顯我的人生價值，那不僅更無聊透頂，也太愚蠢了。

我曾經以一副極度困擾的姿態告訴宋玉婷，有太多男生和我告白，我非常無奈，真的只是單純想和大家做朋友，沒有往感情那方面去思考。然後，宋玉婷一臉失落又羨慕的模樣，真的好可愛啊！

雖然我自認並非在跟她「競爭」，她卻不這麼認為，也在與我的言談之中不自覺地把自己放在「輸家」的位置。她暗示性地提醒我，要是我對那些男孩沒有興趣的話，就該保持一些距離。

天地良心，搞曖昧這一套我真的不會，我甚至連他們的名字都記不起來。

這還不算保持距離嗎，宋玉婷？

後來，宋玉婷在同齡的男孩中找不到真愛，於是，她開始在不會有我「干擾」她的時空下，對學校的男老師投懷送抱起來。

我想，要不是宋玉婷把所有的聰明才智都用在讀書上了，就是如俗話說的，所有戀愛中的人，智商都會不自覺降低。所以，宋玉婷這可愛的傢伙，在談情說愛的時候，居然忘了要好好隱藏她與愛人的往來訊息，連離開座位時都沒把電腦鎖上。

於是，「小婷寶貝」和「學學」的肉麻親密訊息，赤裸裸地被我看見了。

宋玉婷的交往對象是化學老師謝新學，剛從大學畢業後沒多久就在誠宜中學授課了。他的課很受學生歡迎，不僅是他有一張可以比美韓團男偶像的臉，而是他總能把生硬的化學概論與實驗，透過生動及生活化的方式呈現給學生；更厲害的是，幾乎所有他任教的班級，每次大考的化學平均成績，都會高過於其他班級，所以他很受到校長的重視。

至於他什麼時候開始有機會和宋玉婷頻繁接觸呢？我想應該就是高二下學期的時候吧，當時謝老師是科展的指導老師，我們在課後常常會到他的辦公室與他討論實驗內容，我居然沒發現他和宋玉婷私下那麼熱絡。

無所謂，也因為最初我沒有察覺，才會有一連串有趣的事情。要不，依照過去的模式，現在可能是謝老師纏著我不放，宋玉婷又沒有戲唱了。

※　※　※

當我知道宋玉婷和謝老師交往後，我發了訊息給謝老師，向他求證此事。

我以為他會矢口否認，或是顧左右而言他，跟我迂迴好一陣子。沒想到簡單的三言兩語，他就默認了他們的關係。

於是，我也很乾脆的以前途為理由，「懇求」謝老師與宋玉婷分手。

當下，我非常期待，當宋玉婷夢寐以求的戀情面臨嚴峻的考驗時，她會如何應對呢？她會不會像愛情偶像劇裡的女主角一樣，誓死守護她寶貴的愛情？

謝老師當然知道我的背景，在聽完了我的要求以後，他一方面為了要保住工作，一方面我姑且相信他是想要保護宋玉婷，所以，沒過幾天，他就發訊息告訴我，他和宋玉婷分開了。

我收到訊息的那一天，宋玉婷就開始茶不思飯不想的，連讀書都不認真了。上課的時候，她會拿著筆下意識地在筆記本上塗寫一些沒有意義的文字，眼神也變得非常空洞。

宋玉婷的反應，完全在我的「計畫」之中。

自從我偷偷當起「編劇」以後，只要我加上一點「衝突」，人物與劇情就會往有趣的方向發展。雖然結果不是次次都如我預料，但可以左右人的生活，如神一般的，我的生活總算不再那麼枯燥乏味。

其實，如果要給宋玉婷更多的「衝突」，我只要拿我與謝老師的訊息紀錄給爸爸看，接下來的轉折，一定會引起超高的「收視率」。

誠宜高中是女校，十分保守與傳統，師生戀這種事是在入學時就被言明禁止的，而且，向來只要有學生和男老師互動太過密切，就會受到班導師的關切。雖然我不知道宋玉婷和謝老師怎麼躲過重重「監視」，反正消息只要傳出去了，一定會鬧得滿城風雨。

這兩個人的下場就只有一種——帶著一身罵名，離開校園。

可是，我身為「執筆的編劇」，不想那麼快就把這齣戲寫完。因為這樣，我就得再想辦法找新的樂趣。

那張「王牌」，過一陣子再亮出來吧。

4 魔化的少女

又一次收假回來，我拿了一盒的名店千層蛋糕回到宿舍。

宋玉婷還沒回來，張怡慧神祕兮兮地跑來詢問我宋玉婷的近況，因為她也發現宋玉婷最近沒什麼心思在課業上，而且表現得很明顯。

連不靈光的張怡慧都感覺到宋玉婷不對勁，可見，失去愛情這件事，對於宋玉婷來說，痛苦程度大概就是連靈魂都被抽乾一樣吧。

如此不堪一擊。

我對張怡慧說出了半真實的理由：宋玉婷「好像」失戀了，但我不知道對象是誰。

這場戲裡，張怡慧這種笨蛋角色的戲分不需要太多，她只要乖乖去旁邊吃蛋糕，再順便擔心自己的小偷身分會不會揭穿就好。

所以，我隨口接了兩三句話，張怡慧的「焦慮病」馬上就犯了。

她知不知道，她顫抖的程度已經快要將她臉上的雀斑都抖下來了？

要是我繼續說下去，她就招架不住了吧。

我暫且放過她吧，因為今天的重點不是她，我對宋玉婷那邊的劇情發展比較有興趣。

「來吃蛋糕吧。」我打開蛋糕盒。

張怡慧一看見食物，馬上浮現驚喜的笑容，如同以往一樣，像貪吃的小狗一樣撲了過來，不停對我搖著尾巴。

「看起來好好吃喔！鮮奶油超多的！」她眼巴巴地望著盒子裡的食物，以極度期待的口吻對我說。

後來我發現店員忘了給蛋糕刀，那也不要緊，這個貪吃的寵物很快就變出了一把水果刀給我。

「妳自己切吧，要吃多少就切多少，不要客氣喔！」我將盤子遞給張怡慧，然後環顧了房間一眼，接著問：「婷婷呢？還沒回來嗎？」

才沒幾秒的時間，就看見張怡慧貪心地切下一大塊蛋糕，幾乎是整個蛋糕的四分之一。滿心滿意都只有食物的她，心不在焉地回應我：「她已經回來了，但是剛剛說有點悶，要出去走走！」

「好，我知道了。」我拿起被張怡慧扔在桌上的蛋糕刀，切下了一人份的正常大小，緩緩裝進盤裡，說：「我去找她吧。」

張怡慧又把蛋糕塞了滿口，天啊，吃相要不要這麼難看？是神隱少女裡面的豬嗎？是不是所有的窮人都像她一樣醜？

「以恩傲哈愛啊以嗎（妳知道她在那裡嗎）？」張怡慧塞滿食物的嘴，又再次重現了含糊不清的鬼話。

「我知道，妳慢慢吃吧。」

留下這句話以後，我端起蛋糕，緩步走出宿舍。

宋玉婷，準備好沒有？該妳出場囉！

※ ※ ※

每一次宋玉婷想要獨處，就會躲到游泳池後方的小空地。她高一就發現那個地方了，也告訴過我，不過我對於校園內的安全死角不太感興趣就是了。

這一帶完全沒有加裝監視器，又離教學大樓和宿舍很遠，除非是夏天的體育課，否則根本不會有人跑來。

接近目的地的時候，我腦袋裡浮現幾個問題：謝老師和宋玉婷斷乾淨了嗎？宋玉婷有沒有可能表面上裝出一副苦惱的樣子，私底下卻和謝老師還有聯繫？又或者，她會繼續糾纏謝老師，比如以死逼他出來見面？

雖然這只是我的揣測，我還是滿期待會在空地上看到這一對「命運多舛」的情侶，難分難捨地纏綿著。這麼一來，這齣戲或許會有更讓人始料未及的爆點？

在樹蔭底下發現模糊的人影後，我邊走邊發出詢問：「婷婷，妳在那裡嗎？」走近以後，我有些失望呢，原本以為可以看見偉大的、可歌可泣的、難分難捨的偶像劇場景。可惜，只有宋玉婷一人坐在那裡。

她的一雙眼紅透了，顯然是哭了很久。

即使很努力地要強顏歡笑，宋玉婷還是無法掩蓋眼裡的低沉與絕望。原來，為了愛情而活的女孩，在夢想無聲無息地凋零時，會是這樣死氣沉沉的樣子啊！

宋玉婷再三拒絕我送上的蛋糕，也不肯告訴我發生了什麼事，望著我的目光，和過去有很大的不同。

不再有信任，就像我對張怡慧那樣。

她為什麼會那樣看著我呢？

我沒有把私下和謝老師聯絡的事告訴宋玉婷，而謝老師回應我的時候，也很「識相」地告訴我，他沒有在宋玉婷面前提起此事與我有關。

不會吧，難不成在她再三追問之下，謝老師把實情說出來了？

那樣也沒差，我自有另一套應對方法。

沉默很久之後，她冷冷地對我說：「妳真的有把我當朋友嗎，趙詩涵？」

「發生什麼事了？妳為什麼會這麼問呢？」

接下來，她說了許多話，大部分都是再次懷疑我故意要從她身邊搶走對她有好感的男孩。

真是的，這不是已經演過了嗎？

劇情要更新，觀眾才會有興趣啊。宋玉婷，妳能不能說重點？

當我再次以身為她的好友作保證，告訴她我無心於那些男孩以後，她嘆了一口氣，說：「算了。如妳所說，妳是在『交朋友』，那些人要喜歡妳，不是妳所能控制的。因為妳是公主、妳長得漂亮、談吐溫柔，更有完美的家庭，妳自然不用做什麼，就可以讓全世界都喜歡妳。妳不需要跟我搶，我們也沒有競爭的必要，畢竟我完全不是妳的對手。」

拜託，宋玉婷，這些話不用妳說，從小到大我已經聽過上千萬次了，能不能換點別的說法啊？

妳那麼會讀書，又自傲於自己的聰明才智，難道看不出凡事都有一體兩面的道理？對，我是擁有妳所渴望的，我受盡注目，被眾人的關愛所環繞，可妳就不會覺得，這樣的我連一點自我的空間都沒有？大家的掌聲，把我推上了最高峰，一旦上去了，就再也沒有退路了！

比如我現在真的很想翻白眼，因為妳說了讓人感到無聊的話，我卻不能那麼做。因為我是妳們的公主，怎麼能做出有違形象的事情呢？

每個人都會有期待，妳期待可以執子之手，與子偕老；張怡慧期待可以賺大錢、發大財，那麼我呢？當眾人對我發出各種期待，希望我成為他們眼中的完美女孩、把我視為人生勝利組的最佳典範、要求我分享身為模範生的心情……他們發出了極大的歡呼，也就沒有人聽得見我真正的期待，後來，就連我自己都聽不到了。

我期待的是什麼？我不知道！

宋玉婷，要是妳能看穿我，也許我們可以成為真正的好朋友，我會和妳談一談我的心裡話。可惜，妳和那些無聊的人一樣，只會羨慕我、嫉妒我，然後把我的存在做為妳們失敗的藉口。

無聊透頂。

所以，我也只能和妳繼續演下去了。

「婷婷，對不起，妳不要生氣好不好？我一直都把妳當成最好的朋友。怡慧一跟我說妳不舒服，我馬上就帶著蛋糕來找妳了，我是真的希望妳快樂的，也沒有要破壞妳去追求幸福……」

「趙詩涵，不要再裝了。妳要不要先看一下這個？」

聽完我的話以後，宋玉婷對我的態度依舊很冷漠，她拿出了我與謝老師的對話截圖，面色沉重地放在我眼前。

唉呀，新劇情啊，重要證物出現了呢。

「妳為什麼要跟謝老師說這些呢？如果妳真當我是朋友，怎麼什麼都不跟我講，就做了這樣的決定？」她越說越大聲，眼神滿是怨懟：「那是我的愛情！」

「對不起，婷婷，妳聽我解釋。」這種柔軟而委屈的表達，對我來說從來就不是困難事。但是，我還是想確定她的消息來源，於是問：「謝老師傳給妳的嗎？」

「是誰傳的不重要！」宋玉婷被我的態度激怒了，對著我吼：「不要裝可憐！」

爸媽對我的教育，還有很重要的一點是：憤怒是很廉價的東西。

在所有情緒之中，憤怒是最吃力又不討好的。氣急攻心，對身體會造成很大的傷害；此外，又會讓旁人覺得你情緒管理不佳，得到負面評價，影響人際關係；最後，這也是最現實的，透過憤怒達到目的的成功率，實在是太低太低了。

可惜我沒有機會和宋玉婷分享這個論點。

「妳有想過，如果這件事是被別人發現的，會是怎樣的結果？」我收起柔弱的態度，改以「曉之以理」的做法。

宋玉婷不服氣地瞪著我，什麼話也說不出來。

她心知肚明，從大多數人的立場與角度去看待她的所作所為，她都是站不住腳的。至於後果，也許是記過處分，甚至被學校要求返還所有的獎學金；嚴重一點的話，就是和謝老師一起被趕出校園，雙方的未來馬上就會受到衝擊。

最後，宋玉婷雙手一揮，翻倒了我帶給她的蛋糕，也宣告了她與我的「友誼」已然告一段落。

在她離開以後，我望著手機裡與謝老師的對話紀錄，思索了好一會兒。

以目前的情況來看，我無法確定是不是謝老師把對話截圖交給了宋玉婷。

如果不是謝老師的話，那麼，除了我以外，還有另一組人馬掌握了宋玉婷和謝老師之間的事。

雖然我無法確認他們到底是誰，也不知道他們是如何取得那些資訊的；不過，對我來說，無論是在純粹的事件層面，或是情緒方面，都不怎麼有負面的影響。

畢竟，我和謝老師的對話紀錄就算傳出去，我也是站得住腳的。因為我一直在好言相勸，沒有語帶威脅呀。

唯一讓我有點不高興的是，要是還有別人知道這件事的話，「劇本」就不是完全由我一人主導了。

接下來，他們還會出其不意地做出哪些事情來呢？

後來，我告訴自己，這樣也許是最好不過的。

就讓那幫人馬一步一步地把事情真相洩漏出去，我反而能以清高的旁觀者角色，看著這多變又刺激的劇情每日更新、高潮迭起。

我很期待喔，希望他們編出來的「劇本」，會比我的更精采。

透過這些有趣的娛樂放鬆心情，才能好好的準備考試呀，不是嗎，趙詩涵？

※　※　※

「那班人」的耐心看來不太夠，當天半夜，就有新行動了。

更不得了的是，他們手裡有更厲害的情報。

從淩晨三、四點開始，在全班都有加入的聯絡群組中，開始瘋傳宋玉婷與謝老師的各種親密約會照。

八卦是最容易發芽的種子，我想，在天亮以後，就會鬧到人盡皆知了。

先前我還在抱怨「那班人」奪走了我的遊戲主導權，現在那些微的不滿幾乎要一掃而空了。畢竟，只要想到天亮以後急得跳腳的宋玉婷，以及她可能會對我做出的事情，我就十分期待。

所以，要睡飽一點，才有體力好好玩。

我蓋上棉被，又繼續睡了一會兒，才起身整理儀容。

不久後，張怡慧也看見群組上的討論內容了，焦急慌亂地跑過來問我該怎麼辦。她的用意，八成跟群組上那些好事的人一樣，只是想看熱鬧吧！

我滿臉愁苦地告訴張怡慧，這件事遠遠超過我能力所及的範圍，雖然很想幫忙，也不知道該如何是好，不如她去問問宋玉婷，打算怎麼辦？

是啊，我沒說錯啊！

該怎麼做、如何面對流言，以及以什麼樣的態度去迎接後果，是當事人要做的事情吧，怎麼會問我呢？

於是，宋玉婷在張怡慧的驚擾之下轉醒過來，看到自己已然成為「誠宜中學最大頭條」之後，面容在一瞬間失去血色。這要是我，也真的很頭痛呢，課本上從來都沒有教過危機處理方法啊！

驚慌的情緒過後，宋玉婷的視線移向我，隨即又轉為那廉價的怒火中燒。當烈火燒斷她的理智之後，她變成魔化的殭屍，伸出雙手並帶著怒吼朝我奔跳而來。

「婷婷，妳不要衝動……」但其實，我一點防禦也沒做，因為她的反應，還是在我的預料與掌握之中。

在這齣戲裡，我只要維護好自己身為「受害者」的角色，就一點事都不會有。受點小傷什麼的，那是參與「冒險演出」的必然風險，我非常樂意承擔。

來喔各位，妳們的公主趙詩涵，將做出有史以來的最大犧牲，賣命演出接下來這一幕驚心動魄的場面。

砰！

重重的撞擊聲，我被宋玉婷壓制在地上。

我忍不住倒抽了一口氣，唉呀，比我想像中的還要痛耶。然後，我都還來不及阻止，宋玉婷接連送給了我好幾個熱辣辣的耳光。

這是我這輩子首次體驗，我爸媽從來不曾如此對待過我。

「都是妳、都是妳、都是妳。」宋玉婷每說一次「都是妳」，就會再毫不保留地往我臉上痛擊。

面部迎擊所帶來的疼痛以及不自覺湧生的屈辱感，恰好給了我幫助，讓我更能穩穩地演好「受害者」的角色。

看來，除了編劇以外，我還有當演員的天分呢。

「玉婷，妳冷靜……」我奮力掙扎，卻又不至於掙脫，好讓自己呈現一副讓人不忍的模樣，再配以求饒的對話：「不要打我，拜託妳……不要打我！」

我「慘烈」的犧牲所幸沒有持續太久時間，很快的，張怡慧連同其他兩位室友，合力將宋玉婷從我身上拉開。為防止宋玉婷繼續「發瘋」，陳儀心和林君宸就像獄卒一樣，一左一右地將她架住。

「天哪，宋玉婷，妳瘋了嗎！」張怡慧理所當然地被魔化的宋玉婷嚇著了，呼喊聲是充滿顫抖的。她衝向了我，粗手粗腳地檢視我身上的傷：「詩涵、詩涵，妳還好嗎？我帶妳去保健室。」

「怡慧，我好害怕……」我繼續依照腦中早思考好的劇本走，緊緊地抱住張怡慧：「那些照片真的不是我傳的，我什麼都沒有做。」

張怡慧在發抖。

我的發抖是假的，而她是真的。對眼前發生的這一切，張怡慧感到恐懼。

我原本以為她見慣這種場面了，畢竟，如果她家有高額債務的話，債主的尋仇方式可能比這更恐怖百倍。

過往見張怡慧這副模樣，也許會引發我那麼一點的惻隱之心。可是，在我知道她只要起貪念就會背叛朋友以後，無論她做什麼，我都覺得是帶有目的性的。

妳衝出來安慰我，是要藉此取得我的信任對嗎，張怡慧？

接下來，張怡慧是整間宿舍裡最慌張的人，可她明明只是個配角。

她一下詢問大家是不是該找舍監，又拿起電話想找班導，唯恐宋玉婷又再次「發作」，而她會成為下一個受害者。

最後，宋玉婷喝止了張怡慧，一副豁出去的樣子：「老師們一定會找我的，有差這一時半刻嗎？妳們可以準備去上課，至於我就在這裡等著吧。」

這麼瀟灑嗎，宋玉婷？

對於妳即將破碎的未來，妳真的可以「慷慨赴義」，或者，只是妳在被推上刑臺前的虛張聲勢？

5 身為妳的好朋友

宋玉婷連第一堂課都沒有上，就被班導師帶到校長室去了；同時，她與謝老師的那幾張照片，被八卦愛好者們一再的「看圖說故事」以後，編造出數十種截然不同的版本，在校園內瘋傳。

十點多左右，我也被請到了校長室，理所當然的，是為了我身上的傷。

「天啊，詩涵，臉怎麼腫成這樣？」

「宋玉婷，妳要鬧出多少事才甘願？」

由於受到傷害的不是其他學生，而是身分尊貴的我，在場的師長們都十分緊張，並表現出必須要嚴懲宋玉婷的態度。

她有很高的機率會被退學。

宋玉婷的未來與我無關，況且高中生涯在半年之內就會結束，從此之後我跟她可能再也不會見面。只不過，要是她現在就離開，這齣戲就劇終了，我也沒東西可以玩了。

那麼，在畢業以前，我要到哪裡去找新的樂趣呢？

所以，在校長面前，我很認真地幫宋玉婷說好話，用盡各種理由。「我會跟爸爸好好解釋的，也請校長不要追究。發生這些事，現在她最需要的就是陪伴，我們一定不能放棄她，要是她想不開怎麼辦？」

對於我的「善良」，在場的師長們都露出了既滿意又欣慰的表情。她們滿意的是，可以調教出我這種「人美心又美」的好學生；欣慰的是我對於所受到的傷害絲毫不計較，讓他們在我父母面前不至於太難交代。

後來，班導告訴我，宋玉婷對於自己所做出的事，非但不反省，還用相當高傲的姿態反問她們：「我不過就只想要愛而已，為什麼會招致這樣的結果？」

老師還說，連謝老師試圖要為她解圍，都被她那糟糕的態度給否決了。若不是我為她說話，校長真的打算執行退學處分，並且不留緩衝時間。

「和妳比起來，這孩子太自私了，滿腦子都只有她的愛情，功課不重要了，父母不重要了，就連學校都不重要了。」班導師跟我說這番話的時候，仍然難掩氣憤。

是啊，宋玉婷，妳不過想要愛，但妳選了妳要不起的愛。

接下來妳要面對的「轟轟烈烈」，提升不了妳愛情的價值，只會讓妳邁向粉身碎骨的結局。

「老師，我相信她只是一時迷惘，才會犯下這種讓人惋惜的錯誤。玉婷是聰明的女孩，我想她很快就會想明白的。」我再三為宋玉婷說好話，「這段時間請讓我好好陪著她，這些都會過去的。」

「詩涵，妳為什麼一點都不計較？」班導又是不解、又是心疼地看著我：「妳看看，她把妳打成這樣，臉都腫了。」

「受傷只是一時的，但朋友才是長久的。」我滿臉誠意地看著班導。

班導的臉色頓時有很大的改變，好似擁有我這個學生，是她擔任教職以來最大的驕傲一樣。她對著我不住點頭：「詩涵，妳真是太成熟、太善良了。我會再跟校長提及此事，至少記妳一個大功。」

「我做這些事，不是為了被表揚，而是為了朋友。」

身為一個公主，這點「善良」一直都是毫無難度的小事。

說完以後，班導便催促我好好回去休息，最要緊的是把傷養好。

轉身離開的時候，我心裡傳來莫名的笑聲，聲音與我相同，卻不受我的控制，對我發出極度無禮的嘲笑。

戲謔的笑聲持續了好幾秒以後，那個聲音開始說話，引發高頻率的回聲，從我胸口向上蕩開：

還是很寂寞吧，趙詩涵？扮演一個善良的好學生，以及世界所賦予妳的每一個角色，公主、好學生、好女兒、多才多藝的資優生……都是那麼容易的事，就算妳心裡盤算著別的心眼，只要妳說妳是善良的，就不會有人懷疑妳！

妳一直不敢承認吧，這是一種寂寞。

沒有人知道妳真正想的是什麼，也沒有人在乎妳要的是什麼。

但，妳自己又何嘗知道了？

為了制止那個聲音繼續說出毫無意義的廢話，我以另一個念頭阻斷了它：我要的是快樂，就那麼簡單，而我也很認真地進行每一場「遊戲」。

寂寞是無聊的副作用而已，我早就習慣了，別想影響我。

※　※　※

回到宿舍以後，在我的懇求之下，舍監終於打消讓宋玉婷獨自搬遷到其他空宿舍的決定。

她當然不能搬走啊，不然我會很無聊耶。

目前學校只對她執行記過處分，至於退學與否，在我的「幫忙」之下暫時被壓下，要等她父母明天到校後才會另做決定。我不知道遊戲什麼時候會結束，只要還有機會，我都會把握當下的。

我和舍監溝通完畢，宋玉婷什麼話也沒說，只是目光渙散地走回她的位置，以一副若有所思的模樣靜止著。

我猜想她的腦袋此時此刻應該是一片空白，畢竟，她已承受一整天的校規審判與流言攻擊，絲毫沒有反轉的空間與可能。

接下來，她要怎麼迎接她的父母？她爸爸是規規矩矩的公務員，知道女兒做出悖德的蠢事，應該會氣到崩潰吧？然後，她失去了謝新學，也等於失去了她最珍視的夢想，現在連一個能和她站在同一陣線、給她一些安慰的人也沒有，心裡有許多話說不出口，一定很寂寞吧？還有，若是明天校方討論以後，還是決定退學，她接下來該如何準備考試？

太多的問題與滿溢的情緒，無論是誰，都會被壓得喘不過氣來。

既然無法冷靜思考，不如不去思考，大概就是宋玉婷現在的狀態吧。

再次與宋玉婷「正面交鋒」前，我請了正要離開寢室的陳儀心，幫我和宋玉婷帶回兩份晚餐。

原本我以為陳儀心會拒絕的，畢竟上次的竊盜事件，雖然真凶是張怡慧，但我從來沒有說出真相，大家至今也找不到真正的「小偷」。

事件後來不了了之，因為班導聽了我的話，認為大家拿不出鐵證可以證明飾品是被陳儀心拿走的，就不得任意誣陷。

不過，終究是我的緣故，陳儀心才會被大家誤會，所以我以為她會討厭我。沒想到，當我提出要求，陳儀心淡淡地應了一聲「嗯」，就走出寢室，一如她往日待人的簡短、不廢話。

這個人也是滿有趣的，完全不在意別人怎麼說她，就這麼理直氣壯地活在自己的世界裡。

不過，上一次的竊盜事件，還發生了另一個小插曲。

在全班都一致認同陳儀心是小偷時，唯一幫她說話的，只有我們的另外一位室友——林君宸。

林君宸偏中性的外型本就常受到同學的側目，從高一開始，也一直盛傳著她喜歡女生的流言。於是，這一次的事件，在大多數同學的眼中，林君宸的所作所為恰好證明了她身為女同性戀的事實，因為她暗戀陳儀心，才會這麼無所不用其極地護著對方。

雖然同學們的推測缺乏證據，也十分八卦，但我也覺得有特別的趣味。

陳儀心和林君宸，一個熱中寫程式，另一個總是在測驗紙上編寫各種光怪陸離的故事，而兩人的共通點是，在班上都是獨行俠，與所有的「小團體」都格格不入。

如果把她們配對在一起，應該可以成為另一齣不錯的「戲」：如果下次是林君宸受到誣陷，陳儀心會保護她嗎？兩個女孩在一起，受到其他異性戀女生的異樣眼光與指指點點，她們承受得住嗎？

要是宋玉婷被趕出學校，我再來好好觀察陳儀心和林君宸這兩個有趣的人吧。現在的重點是宋玉婷，她的意志如此消沉，身為好朋友的我，應該如何陪伴她呢？

緩緩地，我走向背對著我、悶悶不樂的宋玉婷，對她說：「玉婷，我已經跟我爸媽解釋過了，我說妳是不小心的，他們不會追究。然後，雖然謝老師要離開學校了，但我有請我父母幫忙，無論如何一定要把妳留下來，所以妳也不要多想，同學那些談論過幾天就會停了，好好讀書比較重要……」

靠近她的同時，我也在期待，她又會被我的話激怒，轉身再給我一巴掌呢？還是有其他的話想跟我說？

「我什麼也沒想。」她沒有回過頭，僅冷冷地回應我：「我什麼也不想去想。」

「這樣也好。」我從旁邊拉了一張椅子，在她身邊坐下，盡了身為朋友的最大義務——握住她的手，說：「我很怕妳會想不開呢。」

宋玉婷很明顯地表現出不自在，躲開我的碰觸，語帶懷疑地再次和我求證：

「那些照片真的不是妳傳的嗎？」

「我發誓真的不是我！」如同過去演練過無數次的表現以樣，我含淚突顯自己的委屈，對她說：「不過這件事情我有告訴爸爸，他會調查出是誰做的。」

「我知道了。」她撇過頭，不打算再與我談話。

「我知道妳心情不好，有什麼話都可以跟我說，我會陪妳的。」

宋玉婷，妳明明知道我家人在學校的地位與權勢，我爸爸的一句話，絕對可以保妳平安在學校待到畢業，甚至，連記過的處分都有機會完全註銷，只要我開口請爸爸幫這個忙；至於，那些難堪的流言，我利用我「公主」的身分，在所有人面前替妳美言幾句，粉飾妳的道德瑕疵，討論的音量就不會和先前一樣大，只要我幫妳這個忙。

要做到這些並不難，開口求我便是了。身為妳好友的我，一定會盡我所能，擺平妳所面臨的困難。所以，妳真的沒有話想對我說嗎？

宋玉婷百無聊賴地趴在她的書桌上，看都不看我一眼：「我不想說話，我今天什麼也沒吃，沒力氣。」

「陳儀心等下就回來了，我們一起吃點東西，就會好一點了。」

好吧，宋玉婷，我尊重妳的決定。

既然妳沒什麼話想對我說，我就放手讓妳去面對妳目前的困境，身為妳的朋友，我祝妳一切順心。

6人在慾望面前是沒有尊嚴的

今天的晚餐是咖哩飯。

雖然是非常平民化的菜色，但在學生餐廳的所有菜單中，這是我心中最愛排行的前三。

由於學費中包含高昂的伙食費，所以學生餐廳的菜色、用料絕對不馬虎，除了聘請五星級大飯店的營養師設計菜單之外，每天的三餐也是在五星主廚的技術指導下完成。

即便是非常普通的咖哩飯，也絕非一般學校用廉價咖哩粉炒出來的「大鍋菜」。進口的高級香料、有機栽培的蔬菜、極有咬勁的松阪豬肉，精心烹調後，入口齒頰留香，從內到外都可得到莫大的溫暖，更重要的是，幾乎每一口都可以吃到滿滿的料。

本來我是想要到學生餐廳獨自享用的，當我看到形單影隻的宋玉婷時，突然靈機一動：看著食不下嚥的人，自己的食欲也許會變得更好，因為我沒發生什麼吃不下飯的事啊，比對方幸福得多了，所以更應該懷著感恩的心把好吃的料理吃完。

於是，我決定跟宋玉婷留在宿舍裡一起吃晚餐。

不知道是不是餓了一整天，再加上各種難以承受的壓力接二連三地爆發，餐盒才一打開，宋玉婷便狼吞虎嚥地大口吃了起來。

她過去不會這樣的。

「看來妳真的餓了呢？」

她的吃相讓我想起張怡慧。

一向，會用這麼難堪的吃相吃飯的，全班也就只有貧窮的張怡慧。

宋玉婷此時的失常讓我深深認同曾在小說裡讀過的一句話：人在任何慾望前都是沒有尊嚴的。

所以，宋玉婷因為過度飢餓，忘了修養與形象，像動物爭食般地大啃大嚼；張怡慧因為過度貧窮，為了得利而不擇手段，甚至願意當一隻沒有尊嚴的寵物。

好可憐。

又好有趣。

不一會兒，宋玉婷的餐盒已經空了，而我才吃了幾口而已。好吃的食物要慢慢品嘗才是啊，囫圇吞棗是窮人才會有的吃法。

我看著宋玉婷，溫柔地問她：「吃完了？還餓嗎？要不要我分妳？」

「不用了。」

宋玉婷冷冷地拒絕了我，倚靠著椅背，閉上雙眼大口深呼吸。

我欣賞她痛苦的用餐畫面，確實覺得食物又美味了幾分，能好好吃飯實在很幸福。

驀地，宋玉婷低吼了一聲，痛苦地捧著腹部，把她剛剛吃下的東西全都吐了出來，頓時瀰漫著令人作嘔的腐臭味。

她的動作太突然又太急促，我被她嚇了一大跳，無法自控地發出一聲尖叫：「啊！妳怎麼了？」

「喔……好痛……」

宋玉婷的面部扭曲，額前沁出一顆顆汗水，不止歇的嘔吐物讓她無法完成一句完整的句子。她吃力地用手遮住口部，接下來卻嘔出了更可怕的東西——血。

暗紅的血水混著不明的體液，從她指縫間擠壓而出，她的衣服、桌面，甚至地板，全都沾滿了這些可怕的東西！

太恐怖了！

學生餐廳的晚餐有毒嗎？怎麼可能？

還是，是誰下的手？幫忙拿餐盒回來的陳儀心嗎？她為什麼要害宋玉婷，她們兩個有過節嗎？

或者……

其實陳儀心想害的是我，因為偷竊事件讓她被班上的同學排擠，她對我懷恨在心？下了毒的餐盒原本是她要拿來害我的，只是不小心被宋玉婷吃了？

想到這裡，我感到前所未有的懼怕，身體微微向後退，失重地跌坐在地上。

不行，我不想死，我得出去求救！

勉強地站起身後，難耐又猛烈的劇痛從我腹部傳來，一股熱辣辣又刺痛的不明物體，從腹部竄升至喉頭，然後我完全無法克制地嘔出一灘噁心的未消化物，就像宋玉婷一樣。

天啊，我的食物裡也有毒嗎？

此時，我與宋玉婷的視線相對，她的口裡依舊不停淌出大量鮮血，卻在極度的痛苦之中，對我露出詭異的笑容。

我感到一陣惡寒，也好像明白了什麼。我發出顫抖的嗓音，追問她：「妳……在食物裡加了什麼？」

她沒有回答我，目光直直盯著前方，卻渙散地沒有任何焦點。同時，她口裡可怕的「血流」逐漸止歇，劇烈起伏的胸口也停止了節拍。

她……死了？

我抬起摀住口部的手，上面染滿了腥臭的血跡，雖然出血量沒有宋玉婷的大，我知道自己也在危機裡。

晚餐的食物一定出了問題，無論是陳儀心還是宋玉婷做的手腳，我是她們想要毀滅的目標之一。

所幸，我吃下的量沒有宋玉婷那麼多，只要我趕快求救、前往醫院的話，以爸爸在醫界的人脈與資源，我絕對可以活下來。

活著很無聊，一切得之太容易，讓人缺乏生活目標。但不管怎麼樣，身在山頂的我都不該是被犧牲的對象。

該死的是別人，不是我。

這個時候，房門被推開，傳來張怡慧的聲音。

「是什麼東西，怎麼這麼臭……」

她走進兩步，確認眼前的景象後，連叫聲都發不出來，像被石化了，愣在原地一動也不動的。

「救我……」我發出了呼救。

快點幫我叫人來，報警、跟老師說、叫救護車，什麼都好，我快痛死了。

身為公主，不該受到這種對待。

「我……」張怡慧只是不停發抖，卻毫無作為。

「別站著……不動啊！飯菜裡……下了毒……很痛……我很痛……我不想……

死……」疼痛感打亂我說話的節奏：「叫救護車……叫老師……來啊！」

毒藥的腐蝕性，把我的喉嚨弄得不像樣了，發出來的聲音極為沙啞。

這樣以後我怎麼唱歌，怎麼發出溫柔而高雅的嗓音？

我需要立刻就醫。

然而，我的求援，得不到任何回應，張怡慧這傢伙，只會哭！

我現在非常危險，妳的眼淚救得了人嗎？天哪，別那麼愚蠢好不好？

現在，我除了恐懼之外，還多了一份憤怒：「妳……是……不會請人來……幫忙嗎？」

「詩涵，對不起……我動不了！好可怕喔……怎麼辦！」張怡慧不停地發抖，聲淚俱下，動都不動一下。

「……妳就……只會哭嗎？」明明有人在眼前，卻得不到一點幫助。這讓我再也顧不得修養，焦慮地說出真心話：「白……痴……」

「妳說什麼？」

「我很……痛！」我連一句完整的話都說不好了：「妳是看不……出來嗎？」

「我知道……可是……」

「那……為什麼不動？」

「我我我……我動不了！因為……太……可怕了，我好像腳軟了。」

「為什麼……這個時候……只有妳在這裡？」

無論是林君宸或陳儀心都好，要是她們也在就好了，我應該早就被送出教室了，不用在這裡與張怡慧這隻笨狗面對。

這條貧窮的狗，只要不給她吃飯，她就什麼事都做不了嗎？

在這近乎絕望的當口，我能想到的「誘因」僅有：「我拜託妳……去請人……來幫忙。妳偷……我東西的事……我可以不跟妳……計較。」

聽完我的話以後，她的聲線突然清楚了，也沒那麼顫抖了：「妳知道了？妳為什麼知道？什麼時候發現的？」

等我再反應過來，她蹲在我的身旁，直直地瞪著我，臉色非常暗沉地說：「妳一直都知道是不是？」

「張怡慧……死白……痴，我真的……會被妳……害死。」我大口喘氣的同時，嘴角又沁出了更多血水。

「妳為什麼要叫我白痴，我們不是好朋友嗎？」她漲紅了臉，氣急敗壞地追問我：「為什麼？為什麼妳要這樣對我？」

天啊，張怡慧，妳懂不懂事情的輕重緩急？與其在這廢話，不如趕快想辦法幫我。我要是能活下去，妳就有吃不完的狗飼料，這點妳還不明白？

「白痴……張怡慧……妳這個白痴……」

「不要再說了！我不是白痴！」

她伸出了雙手，緊緊扣住我的頸部，原本僅存的稀薄空氣，頓時被阻斷了。

「呃……」我想推開她，卻連一丁點的力氣都沒有。

「我不是白痴！我不是白痴！」

隨著她加重的力道，我的舌頭不受控地伸了出來，我現在的樣子一定醜死了。

我不想這樣，想回去當我的公主。

我呼吸不到空氣了，連眼前的景象也逐漸模糊。

啊！

憤怒真的是投資報酬率最低的情緒，在最後一刻，湧起求生慾望的我，毫無尊嚴地犯了這個錯，以至於連生命都失去了。

第五證人

あんたに
死んでほしい

第四證人

林君宸

我的青春是以憤怒寫就的。
我討厭這個世界、對「標籤文化」感到噁心，
我瞧不起膚淺幼稚的女高中生，憎恨表裡不一的成年人。
沒有一樣物事，是我看得順眼的……

於是，我活在自己的世界裡，與我的文字共生。
「恨」就像毒品一樣，讓人得到無限創作力，
也讓人無比，痛苦。

當我意識到自己的世界裡並非只有恨，
我也有愛人的能力，
可惜，它也被憤怒吞噬了。

1 標籤化的人生

林君宸，妳是不是T？

妳應該是喜歡女生的吧？

為什麼妳都不穿裙子啊？

這些問題，從我開始剪短頭髮，堅持以褲裝示人之後，已被問到煩膩。一開始我很困惑，為什麼不做「女性化」的打扮，會得到那麼多的誤解與質疑。

我之所以不再把裙裝設定為日常穿著，是因為裙子真是件麻煩的事物。這世界上許多人對裙底風光有無限遐思，那些遐想的目光來源——男人，多半都是不友善且帶著邪念的，好像在打量獵物似的，讓人覺得噁心，我覺得該遠離一點才好。

所以，我盡量避免會招來男人目光的衣著。

當我意識到自己對男生不感興趣，我可能喜歡女生，已經是很之後的事了。

只是，不穿裙子的女生就一定喜歡女生嗎？這是很奇怪的推論。

不管怎麼樣，我為了什麼不穿裙子、剪去長髮，又或者我到底喜不喜歡女生，都是我自己的事，與其他人無關，不是嗎？

為什麼生活裡還是充斥著多事的討論呢？

升上高中以後，女孩們紛飛的流言裡，曾經談論過我之所以就讀誠宜中學，是因為我喜歡女生，而這所貴族女校剛好可以滿足我「近距離看妹」的想望。

以及，在刻意與我保持所謂「安全距離」之後，許多同學給了我一個「T」的標籤，做為我與她們之間的分界。

隨著入學時間越久，我得到了更多我從沒料想過的標籤。

#T

#男人婆

#她一定喜歡女生

#喜歡寫小說為何要讀理組

#獨行俠

#臉很臭

#沒有朋友

上述的各種說法，從來不曾參考我本人的真實論點。

我花了一些時間，去弄明白「T」這個標籤所指涉的意義，大抵是指裝扮、行為、氣質較陽剛的女同志，在伴侶之中擔任「保護者」的角色，有點像是異性戀裡的男人吧。我確實在網路上看到許多所謂的「T」，會以男人自居。

這論點讓我覺得有點怪，為什麼一定要像個男人，才有本事保護一個女人呢？至少我不是因為這一點才改變造型的，所以我為什麼必須被歸類在這呢？而且我就是我，非得貼上一個標籤不可嗎？

不過，喜歡同性這件事，在這年頭早就不是新奇或值得注意的話題，但對那些留長頭髮、愛用化妝品研究各種「易容術」，並且總是對韓團男偶像發出刺耳尖叫聲的異性戀女高中生而言，在面對我的時候，目光仍會帶點「妳和我們不一樣」的意味。

明明，我就還沒交過任何女朋友，連我都不敢肯定自己到底是不是同性戀。

後來，我慢慢發現，人們習慣給各種事物貼上標籤，以方便分類、找到同類，以及，排斥異類。

尤其，如何找到同類，從中取得自己存在的核心價值，是高中女生亙古不變的文化傳統之一。

同類會聚集在一起，組成小團體，而團體與團體之間，有個不成文的鐵則：

每個人都只能加入一個團體。簡單來說，若妳已經隸屬於A團體，最好就別再去加入B團，否則，這兩團都將視妳為「叛徒」，讓妳得到幾乎所有高中女生都會聞之色變的酷刑——被孤立。

再來，小團體的成員組成，都像韓國偶像團體的配置一樣，必須有一個站在C位的Leader，所有成員都以她為重心，她是最高精神領袖，也是決策的最高核定者，凡事若沒有經過她的認可，其他團員就不可擅自行動。

其他的成員則以功能性做區分，比如負責出意見的「軍師」，或者負責搞笑擔當的「開心果」，以及幫忙大家跑腿的「馬夫」之類的……等。反正，身為團體中的一員，她們會盡力找到存在價值，不光是要獲得所有團員的認同，更要得到Leader的肯定，才能在團隊中站穩位置。

關於高中女生的團體文化，最佳代表就是和我同一間寢室，以校園風雲人物趙詩涵為首的三人小團體。

集盡各種優點於一身的趙詩涵，擁有社會認定的「標準好女孩」該有的所有標籤：**#功課超好　#公主形象　#校董的女兒　#富可敵國　#溫柔可人　#親切有禮**……她是學校裡的第一貴族，註定是團隊裡的C位，或是說，即便是整間學校的人聚在一起，她都可以站在C位。

團員之一的宋玉婷，就稍微遜色了，她的標籤約略是：＃三年C班成績最好＃沒有考題可以難倒她　＃高傲的資優生　＃冰山美人＃距離感　＃不易親近……雖然她的成績比趙詩涵更好，外表也沒遜色多少，但缺少了社會認定「標準好女孩」應該擁有的溫柔親切，也沒有像趙詩涵那般讓人景仰的家世，她只能成為團隊裡類似智囊團的角色，並且擁有一個額外的標籤：＃趙詩涵的第一跟班。

最可憐的就是團隊裡的張怡慧了：＃麻子臉　＃家境不好　＃功課差　＃單純＃很想發財　＃粗心　＃樂觀……滿臉雀斑，總是戴著一副厚厚的近視眼鏡的張怡慧，在外型上完全沒有能與其他兩個團員抗衡的優勢，頭腦也不是很靈光，老是忘東忘西的。她的窮和趙詩涵的富剛好形成對比，兩人也展開奇妙的共生關係：趙詩涵提供她所需要的物質援助，她反饋趙詩涵需要的服務。我常常看見，張怡慧幫趙詩涵跑腿完成不少生活瑣事，比如去福利社買東西，或是交作業給某科老師之類的。所以在團體裡，張怡慧得到的標籤是：＃幫趙詩涵跑腿的　＃趙詩涵是她的頭號贊助商。

這三個人各司其職，從高一到現在，團體的核心價值在表面上一直堅若磐石，沒發生過特別的意外。

這個團隊裡，總是冷著一張臉的宋玉婷，對我的戒心以及疏離感是最明顯的。她的成績很好，讀書是她的專長，幾乎沒什麼考試能難倒她。也由於學業表現是學校裡最重要的標準，宋玉婷在此取得了絕對優勢，以至於常常不自覺散發著自傲感，我幾乎沒看過她友善的笑容。

不過，很讓我意外的是，我以為她的理想會是考上一流大學、成為社會頂層的人物之類的，她卻在上學期班級布置的願望紙寫下：希望遇見一個愛我的人，執子之手，與子偕老。

這個願望，真是和她的「人設」超級不搭。

從高一到現在，即便都住在同一間寢室裡，我跟宋玉婷講過的話大概不超過五句，主要是她非常明顯的忽視我。每次只要看到我，她都會微微透露出好像看到什麼麻煩的東西的樣子，很快將視線移開，並且拉開我與她之間的距離。

曾經有一次，宿舍裡只剩下我跟她，我隨口問她有沒有看見舍監發下來的文件，她馬上露出充滿敵意與嫌惡的目光，跟我說：「我對女同性戀沒有興趣，妳離我遠一點。」

我先是錯愕了一下，而後不甘示弱地回擊：「妳發什麼瘋啊，妳以為我就對妳有興趣？」

「總之，請妳以後不要再跟我說話。」

那次以後，我們便沒有再講過任何話。她不喜歡我，我也跟她不對盤。

這個自傲的資優生是不是以為全世界都對她有多餘且空泛的遐想？這邏輯也太怪了吧，難道異性戀會對每一個經過自己身邊的異性都產生「發情」反應嗎？如果不會，為什麼認為同性戀對每一個同性都充滿興趣？

況且，我都說了，我還不確定自己的性向啊！

宋玉婷不屑與我為伍，以她這樣高傲的人，需要的同類是和她一樣在某些層面上占有優勢，如貴族一般的趙詩涵。也因為如此，即使得委屈一點，身為趙詩涵的頭號跟班，還是能突顯她的價值吧？

相較於宋玉婷以直接的方式排斥異類，趙詩涵就顯得委婉許多，這並不代表她就如她示現給眾人看的，是一個溫柔有禮的好學生，至少我就懷疑她是假裝的。不過，她有各種光環圍繞，她光是應付這些都來不及了，自然不會去注意到光環以外的人事物。

我很不解的是，一定要成為宋玉婷或趙詩涵，擁有與她們相同的標籤，才能得到人們的肯定與關注嗎？如果這世界上只有一種標準，會不會太無聊了？

再者，除卻受到讚頌的標籤，宋玉婷和趙詩涵就沒有不為人知的黑暗面？

人本來就不是完美的。

我自認生活在各種標籤底下的高中女生無趣透頂，也覺得她們的話題喜好相當幼稚，入學以來一直都沒有與我特別親近的朋友，我也樂於當獨來獨往的獨行俠。與其在女孩的圈子裡浪費時間貼上標籤進行分類，還不如拿來寫文，會有趣得多。

我喜歡寫各種故事，成為小說家是我未來想達成的目標之一。

至於為什麼我要就讀誠宜中學，而且選入理組，並不是那些標籤所說的「為了看妹子」。這純粹是我爸媽的意思，雖然我家並不如趙詩涵那般富可敵國，還是負擔得起我的學費開支。再加上我爸媽認為讀理工在未來會有較好的出路，我就接受了建議。和父母衝突是很浪費時間的，反正讀不讀理工都無所謂，那和寫作並不背道而馳，我只要有紙筆就夠了。

在學校生活的兩年多來，大部分的休息時間，我都不太留在教室或宿舍裡。教學大樓的頂樓是一片安靜的空地，聽不見討論偶像的吵雜聲，也沒有你追我跑的干擾行為，我常常待在那裡寫故事。

高二那年，我遇見了一個不太一樣的女孩。

※　※　※

那天只是個平凡的上學日，放學以後我一如往常地登上頂樓。

我不知道其他學校怎樣，但誠宜中學就是奢侈到連鮮少人煙的頂樓都有燈光，所以在這裡待到晚上也不是問題。

斜陽將地面染成溫暖的橘紅，我打開電腦，用趙詩涵那三人團體做為主角，開始寫一個由兩個女人共同競爭領主之位，互相廝殺卻兩敗俱傷，最後由最弱的管家成為領主的故事。當然，共同爭奪王位的是趙詩涵與宋玉婷，而醜陋的管家就是張怡慧。

想要寫這個故事的動機很簡單，像宋玉婷那樣跩個二五八萬的資優生，我不認為她能安然接受自己是趙詩涵的跟班。表面上不動聲色，她心裡可能早有過想除掉趙詩涵的念頭。很簡單嘛，趙詩涵一死，宋玉婷馬上就可以從第一跟班的位置，順理成章的候補上C位，取而代之成為主角。

喀。

寫殺人情節寫得正起勁的我，突然聽見門被推開的聲音，嚇了一大跳。

「誰？」

接著，那女孩捧著幾本厚厚的書，出現在我面前。

#句點王
#程式宅

#溝通障礙

#活在自己的世界

#邊緣人

上述約略是她在班上所擁有的標籤。

她與我住在同一間寢室，我也很少跟她說話，她總是在看書，不然就是對著電腦，沒什麼與其他人接觸的機會。

陳儀心。

「我不知道這裡有人。」她面無表情地回答，眼神似乎落在我身後，沒有與我直接接觸。

這是我第一次仔細觀察她的面容，她蓄著一頭沒有打任何層次的黑色及肩直髮，瀏海的長度與眉毛切齊，是一般校園漫畫裡女學生慣有的髮型，沒什麼特別的特色。外型大概是會被定義為中上之姿，雙眼皮的折痕對襯得完美，讓她的目光看起來是炯炯有神的；鼻子很高挺，我媽曾說過，要是能夠看見自己的鼻梁，就能被歸類為「美女」，我想她應該可以吧。

只是，無論什麼時候看見她，她臉上都沒有特別的表情，趨近於麻木。有些人也會說她自傲，但我覺得她和宋玉婷那類人不同。宋玉婷是標準的自以為是，陳儀心是對眼前的一切毫無情緒。

「妳來這幹麼？」我又問她。

「看書。」她簡短地回應。

「為什麼不去圖書館？」

「有活動。」

「宿舍呢？」

「很吵。」

「也是，只要張怡慧在宿舍的話，總是會纏著趙詩涵問上一堆有的沒的的問題，音量又特別大，好像整個空間都是她的脫口秀會場似的。」雖然和她不熟，但我對她沒什麼不好的印象，也不排斥讓她留在這：「這裡很安靜。」

「嗯。」

就像往日我對她的理解，她只是簡短回應後，便在距離我大約五步的地方盤腿坐下，開始認真地閱讀她手上的書本。

夕陽灑落，她潔白的制服上衣染上了溫暖的橘色。雖然以下可能是我一廂情願的錯覺，但她不如我原先所想的那般陰沉。

僅只是我覺得。

我知道她不喜歡說話。

通常都是有人問話，她才會回答，也不會展開話題，讓人很難接續下去，因此她在班上有個「句點王」的稱號。也有人懷疑她是不是有輕微的情緒障礙或溝通問題，但她本人並沒有提出確診證明，也不曾對此特別說明過。

她的世界就是她手上的書，就像我的世界都存在於我所寫的故事裡一樣。

此時的她，以十分規律的節奏翻動書本，不時拿起筆標註重點並寫下筆記。她非常專注，視線自從進入書本以後，就沒有再移開過，彷彿字裡行間以外世界都與她無關。

我偷偷觀察她許久，連手邊的故事都忘記繼續寫下去。

只因我突然覺得眼前這個人比趙詩涵她們有趣許多，何以她能如此專注投入於自己喜歡的事物上，對於周遭的一切都置若罔聞？

等她把書本闔上，準備換另一本書時，我忍不住對她發問：「妳還是在看程式書嗎？」

她抬起頭，確認我是不是在跟她說話。我看著她，點點頭，表示我正在等待她的回答。

「嗯。」

我知道她很熱愛寫程式，她宿舍裡的書桌上放滿了這一類的書籍。

「妳以後想當工程師？」

「沒有。」

「那……為什麼喜歡看這些書？」

「我喜歡寫程式。」

「啊？」

她的答案，不在我的預設範圍之內，又很讓我困惑。

「是喜歡寫程式所以看書，不是想當工程師才看書。」她解釋。

她的回答讓我想到，一般的高中生大多已經受到父母、師長根深柢固的影響，做任何事情以前，一定都要有一個帶著實際利益的目標，才有努力的價值。比如學程式這件事來說好了，大多數的人會是這樣想的，包括我：妳一定想當工程師，因為那是起薪很高的職業，所以才會認真地研讀程式書。

但是，對她來說，學習程式的目的並不是未來可以順利當上工程師，而是她單純熱愛寫程式，所以不停學習各種相關知識。無關乎未來，只關乎她當下的想望。

她喜歡寫程式，就這麼簡單。

她讓我產生了新的想法，頓時之間，我腦海裡有許多問題想要問她，又怕打擾到她。畢竟她是為了圖一個安靜之地，才會上來這裡的。

也許她並不想跟我說話。

「我有打擾到妳嗎？」

「沒有。」

「那……我對妳做的事情滿感興趣的，我可以問妳一些問題嗎？」

「嗯。」

「妳為什麼喜歡寫程式？」

「因為很單純。」

「很單純？」我不解地看著她：「什麼意思？」

「輸入指令，執行。」她的說明，依舊非常「省話」：「成功的話，就完成；失敗的話，就回去除錯，就是這麼簡單。」

「妳不喜歡複雜的事情。」

「對。」

「但是大部分的人都覺得程式碼很複雜耶。」雖然我也讀理組，我不認為自己可以馬上就進入這個領域。

「程式碼簡單，人很複雜。」說這句話的時候，她的表情也沒有任何變化。

她的回答讓我發笑了。

因為她說得沒錯，人是世界上最複雜又難搞的東西了。

「為什麼笑？」終於，她對我提出了第一個問題。

「我不是在笑妳。」我跟她解釋：「而是覺得妳說的話很有道理，我也覺得人很複雜。書裡的知識只要看一看，大多能夠學到些什麼，只是多或少的問題。但人無論在表面看多少次，都沒辦法真正知道他們心裡到底在想什麼。」

「嗯。」

「妳剛剛說的話，可以讓我寫到小說裡嗎？」

「人很複雜？」

「對。」

「可以。」

「謝謝。」

「嗯。」

我打開新的文件，把方才談話的重點寫錄下來。

眼見話題又要結束，如果還想繼續說下去，勢必要由我展開話題：「我剛剛回應妳『人很複雜』的那些觀點，妳有沒有什麼看法？」

「複雜的東西不要碰。」

她的回應又讓我笑了。

「難怪妳不喜歡說話。」

「程式語言比人的語言簡單。」

「一個指令一個動作，確實簡單得多。」我附和她的話，然後問：「妳現在有在寫什麼嗎？」

「沒有。」

「那之前呢？妳寫過什麼？」

「上次寫了記帳程式，付費軟體，有固定營收。」

「啊！好厲害。」我驚訝地看著她。

「寫程式，很有趣，其他的不重要。」

她所喜歡做的事情，已經為她帶來利益；而我寫的故事，除了得過幾個文學獎之外，就什麼也沒有了。

啊，不行，我要像她那樣想才對，她之所以寫程式是因為她喜歡，而我寫故事也應該只是我喜歡，不該把其他的利益目的擺在前頭。

「妳讓我學會了一些事。」我對她說。

「什麼？」

「因為喜歡所以去做，不要有其他的想法。」

「我不喜歡複雜。」

「我知道。」

「嗯。」

無論談及的話題是什麼，她始終都是同一副表情，看不出情緒變化。不知道她笑起來會是怎樣的？聽到什麼話題，會讓她露出笑容呢？

於是我又延續了下一個話題。

「我們聊了妳喜歡的程式，那妳想聽聽我喜歡的東西嗎？」我說：「妳放心，不是什麼複雜的事。」

「嗯。」

「我喜歡寫故事，各種都寫，但大部分都有些超脫現實。可能有魔法、武功，也有其他種族的東西，比如妖魔之類的。因為我覺得現實世界太無聊。」

「為什麼無聊？」

「現實世界能達到的事情太少了。」我盡量用最簡單的方式向她解釋：「寫故事就有無限可能，只要寫得出來，就可以完成我在現實裡做不到的事。」

「喔。」她很認真地聽我說話，並試圖以她的理解回應我：「比如妳的故事裡可以寫出一個沒有ＢＵＧ的完美程式，不需要除錯，但這在現實裡很難辦到。」

「對，大概就是這樣。」

「嗯。」她點點頭。

她在跟我說話的時候，視線常常會飄移到其他地方去，但從她回應的內容來看，就會知道她不是對我說的話不感興趣而分心。所以，我認為她不太習慣與人有眼神接觸。畢竟，「人類」對她來說是複雜的生物，若要完全直視，很困難吧！

「還沒有完成的故事，我會放在部落格上，分章節慢慢更新。但現在的部落格廣告都很多，很煩。」我看著她，希望她不會拒絕我接下來的要求：「妳會寫網站嗎？能不能幫我寫一個可以發文的部落格，不要有廣告？」

「可以。」她很快地點點頭，答應了我。

我高興得不得了，說：「太好了。」

「告訴我妳需要什麼。」她從書本裡抽出一張紙，開始列出各種內容：「版面配置、各種欄位……先畫設計圖。」

「好，我跟妳說，我想要……」

接下來，我們便熱烈地討論起來。其實大部分的時間，都是我在說話，她都十分認真地，把我所說的重點一一記錄下來。

從那天起，頂樓不再只屬於我一個人，進而成了我與她的「祕密基地」。我們每天都有許多時間聚在這裡，她告訴我她的製作進度，我跟她說我正在寫的故事，相處得十分愉快。

直至她為我撰寫的部落格完成後，彼此陪伴的時光，仍舊不曾停止。

放學後的頂樓，她讀她的書，我寫我的故事，而這個空間，沒有任何人打擾。只有我，只有她。

2 算不算同類

因為常常在頂樓碰面，我與陳儀心相處的機會也逐漸多了起來。

我總是在說，而她總是在聽，所以她知道我的好惡、生活背景，但我對她的了解卻仍不多。每一次我對她的性格有某種意義上的認定之後，她接下來的回答，往往又會推翻我的部分想法。

唯一不變的是，她對於人群所保持的距離感。

我並不討厭她，甚至挺樂於與她待在同一個空間，是因為對於人群的觀感上，我們可算是某種同類嗎？

吳婷玉過往太過自負，從不曾給人好臉色看過，將她眼裡的「平凡人」視如蟑鼠，認為他們只配用最卑微的姿態，趴伏地面生存，而她才是血統高貴的「人類」，頂天立地。也因此，人們對她的怨恨與不滿，就像潛伏期的病毒，表面上看不出異狀，實際上卻已經慢慢擴散，直到她徹底失勢的那一刻正式爆發。

至此，沒有人對她伸出援手，角色恍若對調似的，吳婷玉才是過街老鼠，而人們個個將雙手交疊於胸前，好整以暇地欣賞她失魂落魄的樣子。

寫到這裡，我滿意地抬起頭，將寫好的文字重新閱讀一次。

吳婷玉其實就是暗指宋玉婷，她那副自傲的模樣真讓人受不了，我要她在我寫的故事裡付出代價。

人類這種生物，除了像陳儀心說的，很複雜之外，還特別現實。今天妳身上有好處，人們自然會攀附著妳，並且將妳所有缺點合理化。等到有一天妳不再保有那些優勢時，以前鞠躬哈腰的人會在瞬間消失，而妳所有的缺點，將會成為加重罪名的理由。

那時候妳會怎麼辦呢？

妳最好別有什麼把柄在人手上，否則這一天遲早會來的。

宋玉婷。

※ ※ ※

每個寫字的人都有非拿起筆不可的理由，而我的動力來源是——憤怒。

胸口燃起一把熊熊惡火，放任不管的話，後果就是由裡到外的崩壞。火會燒去正常的身體機能，讓人只能聚焦在令人不安的痛覺上，再無法做好每一件看似簡單的生活小事，就連「午餐要吃什麼」這類根本不需要消耗腦力的問題，都沒有辦法思考。

呼吸急促、脈搏鮮明、焦躁痛苦，一心只想毀掉點火的元凶。

此時，最安全的方法是拿起紙筆，讓火焰可以順著筆尖延燒到紙上，身心所遭逢的絕境便可以有效解除。

所以，當初與宋玉婷發生衝突後，我所做的並不是拿刀捅向她那張令人生厭的臉，而是握著筆，在故事裡模擬她的各種死法，分屍、墜井、自焚……我一次又一次地加重她所承受的痛苦。在放下筆的那一刻，便驀然驚覺那股燒得難受的惡火已經消失，甚至連刺鼻的焦味都沒留下。

我透過文字親手宣判了宋玉婷的下場，讓她進深淵入絕境，卻不需要付出任何代價。

能寫字真是一件幸福的事。

我將寫好的最新章節上傳至部落格，那是陳儀心不久前才幫我架設好的，用起來十分順手。上傳完畢以後，我確認了上一章節的點閱率，已經突破一萬人次了。

- 作者好像有滿腔的憤怒，可惜了她還不錯的文筆，只能拿來發洩。
- 看了這些，心情都不是很好，但還是會一直想看下去，我是不是有病？
- 悲憤高中生的悲憤自爽。
- 我覺得寫得還不錯啊，殺人情節很過癮捏。

如果你們也能明白寫作對我的意義，以及它可能比任何精神科用藥（雖然我沒吃過）更有顯著的舒壓效果，就會跟我一樣養成這種習慣吧！

我關上部落格的留言，並闔上筆電。

抬起頭以後，坐在我前方階梯上的陳儀心，也進入我的視線範圍之中。她的電腦畫面上是全黑的背景，一連串不同顏色的文字符號在上頭閃爍跳動著，她正在用我無法看懂的符碼撰寫屬於她的故事。

我理解專注創作的人都不喜歡在工作過程中被打擾，所以直到陳儀心的手指也停下動作後，我才和她搭話。

「妳幫我弄的部落格很好用，謝謝妳！」

「有沒有什麼ＢＵＧ？」

通常，在我與她的對話中，她很少會提出反問。如果發生反常的狀況，有八成的機率是因為談及與程式相關的話題。

「目前沒有。」我說，「都是依照我慣用的欄位版面去設計的，發文格式也很簡潔，很好用。」

「要是文字版型跑掉、圖片跑不出來，或各種問題，請告訴我。」她補充：「有錯誤就是要修正。」

她的個性很簡單且直接，我並不排斥與她相處。

「我會跟妳說的，謝謝。」

「嗯。」

順著剛剛的談話，我展開下一個話題：「妳的世界是不是很黑白分明的？」

「什麼意思？」

「對就是對，錯就是錯，沒有中間模糊地帶。」

「我不知道。」停頓一會之後，她又說：「有人也講過類似的。」

「也有人這麼認為？」

「嗯。」她低下頭，像在回憶些什麼，兩側垂落的黑髮稍稍遮住她的面容：「她說不能這樣跟人相處。」

「為什麼？」

「因為沒有絕對的好人，也沒有絕對的壞人。」

「啊，這倒是真的。」我附和。

「所以人很複雜。」她抬起頭，很難得的，顯露出一絲無奈的神情：「要保持距離。」

其實她這個觀點也是很黑白分明的。

「保持距離以後，就不會有負面情緒了嗎？比如……憤怒？」我追問。

「偶爾還是有，但我不喜歡。」

「因為感覺很不好吧。」

「很悶。」她將手按在胸口：「覺得有什麼東西會在這裡炸開。」

「那個時候妳會怎麼做呢？」

「遠離人群，然後寫程式。」

「那和我寫故事一樣。」

果然，在很多面向，我們是很類似的。

「嗯。」

我原本以為是她對情緒的感受力很低，不會有太明顯的喜怒哀樂，才無法和周遭的人產生共鳴。原來她也會有情緒波動的時候，那會是什麼呢？

「什麼事情會讓妳生氣？」

「我不喜歡吵鬧，很怕一群人同時說話的聲音，班上下課的時候，還有討論事情的時候，都很吵；我不喜歡被人碰觸，感覺很不舒服；我也不喜歡人多的地方，有種讓人無法呼吸的感覺。」她一下子說了好多話，接著，神情轉變得有些嚴肅：「還有，不能說實話的時候，感覺也很不好。」

這是某種人群恐懼，還是社交障礙？

「為什麼不能說實話？」

「我不知道。」她看著我的表情似乎也帶著點「我也不能跟妳說實話」的意味。

「沒關係，妳試著說說看。是以前有發生過什麼事嗎？」

她又思索了一會，開始斷斷續續地回憶：「國中的時候……班上有個女生問我，她是不是變胖了……我要她自己去量體重，這樣最清楚……她很不高興。後來，我就被她和她的朋友……討厭了。」

「唉呀，那種問題，她要的不是『實話』。她不想承認自己變胖的事實，所以她要妳回答『沒有』，這樣她就可以鬆一口氣，因為別人沒有覺得她變胖。」

「不懂。」她很困惑地看著我，「變胖就要去運動，或少吃東西，為什麼要說謊？」

「因為有些人就是喜歡自欺欺人啦！」

尤其，在女孩的世界裡，總是充滿各種謊言的。

比如宋玉婷，她也只敢在與我單獨面對的時候顯露原貌，講出惹火我的話，但是在別人面前，她就只能裝著與我不熟識的樣子。她自己也該清楚，要是她那副歧視人的模樣被人撞見，將會大傷她的資優生形象。

「為什麼要騙自己？」陳儀心說，「很奇怪。」

「妳總是這麼直來直往的，的確不容易在女孩子的圈子裡生存。」

「反正……複雜的東西不要碰。」

也因為她和班上其他膚淺的女生不一樣，我覺得可以與她好好相處，遠離那些無聊的標籤生活。

「妳跟我講話可以不用擔心那些事情，我也不喜歡拐彎抹角的。」

「嗯。」她點頭。

我回以微笑，說：「我想我們可以變成朋友的。」

「朋友嗎？」

「對啊。」

她的面容掠過一絲暗沉，「我沒有朋友。」

「那就從今天開始吧。」

我本來想和她握手，但想起她方才說過不喜歡被碰觸，所以僅能盡量以笑容來表達我的善意。

「好。」

她露出了難得一見的笑容，一頭直髮在微風的吹拂下輕微飄揚，煞是好看。

3 池魚之殃

高三上學期都快結束了，班上依然不平靜。

我與陳儀心向來與班上的各種風波沾不上邊，畢竟我們都無心於小團體的明爭暗鬥。然而，這一次，一灘髒水卻潑向了陳儀心。

毫無防備的她，正面迎向措手不及的陰險攻勢，落入百口莫辯的絕境，伴隨著正義魔人的嚴辭抨擊，全無還擊的餘地。

起因是趙詩涵的惹是生非。

趙詩涵的「財大氣粗」，是誠宜高中內無人不曉的事實。同學們收過無數她帶來學校分享的禮物，國外的小零食、小書籤、玩偶……等等，那些膚淺的高中女生就是這樣一個個被她收買的。

這一次，她帶上一大堆飾品，說是要分送給同學，但我覺得這當中帶著濃濃的炫富與施捨的意味。

因為她家有錢、她爸爸是校董，這點東西對她來說根本不算什麼，大家就放心地收下，繼續喜歡她這個「樂善好施的小公主」吧！

噁心透頂。

好死不死，在那成堆的飾品裡，遺失了兩樣。

趙詩涵焦急地在班上尋找，因為那是特別選來送給她的二號跟班——張怡慧的。鬧騰了半天，最後在陳儀心的鉛筆盒內找到失物。

更讓人氣憤的是，全班都被趙詩涵那可憐兮兮的態度給影響了，竟沒有一個人認為，陳儀心是被真正的小偷給栽贓陷害的。

一回到教室，便看到洶湧的人群將陳儀心團團圍住，妳一言我一句地對她冷嘲熱諷著。一把怒火猛然升上我心頭，搞什麼啊，完全不保持距離，以多欺少地把陳儀心逼到角落，難道不知道她最害怕人群嗎？

妳們讓她怎麼呼吸？

弄清事情的來龍去脈以後，身為陳儀心的朋友，我絕對不容許任何人有傷害她的意圖與機會。

說我是她的朋友，所以偏袒她也好；或者基於我對她的理解，她除了程式之外對其他事都不感興趣也罷，我就是不相信，她會做出偷竊的事情來。

於是，我在一片針對她的指責聲浪之中，說出了第一句站在她那一邊的言論：「妳們只在她鉛筆盒裡找到東西，但有誰目擊她的犯案經過？」

「什麼啊？」馬上的，我的「反方言論」，立刻惹來了各種質疑與不滿。

大多數人臉上寫的，大抵都是：人贓俱獲了，妳還想反駁什麼？理直氣壯的態度，好像她們就是法官似的，罪名已定讞，不容許翻案。

「我的意思是，妳們現在只能確定『贓物』出現在陳儀心的鉛筆盒裡，但有人看見她從趙詩涵的盒子裡把飾品偷出來，並且收進自己的鉛筆盒裡嗎？」

我的話，惹來了一陣沉默。

在這短暫的死寂之中，最讓人感到意外的，是陳儀心的反應。因為所有人的注意力已經轉到我身上，她便拿起程式書，開始翻閱起來，就像每次在頂樓閱讀時那般專注。

難道她一點都不在意嗎？

一般人遇到這種情況，要不是氣急敗壞地為自己辯駁，就是因為害怕而開始大哭。她為什麼還能這麼神色自若的，投入在書本裡？

哦，我知道了，她可能有情緒，但不想沉浸在不舒服的感覺裡，才用程式書來轉移注意力。

不管，無論她現在是怎樣想的，我都要保護她。

「沒有人看見對吧。」我劃破了沉靜的空氣：「那麼，會不會是趙詩涵發現東西不見了，班長又要搜大家的書包，所以小偷在情急之下，就把東西塞進陳儀心的鉛筆盒裡，好藉此脫罪呢？下課時間，人來人往的，陳儀心又沒有時時刻刻都把鉛筆盒帶在身上，被放進東西是很容易的。」

「君宸，妳這麼說也有道理。」這時候，方才也不曾為陳儀心說過一句話的趙詩涵，突然開了口。然後，她問我：「妳知道真正的小偷是誰嗎？」

「如果妳也沒有一直把盒子帶在身上，那就很難說了。只不過，妳們也不能就這樣認定是陳儀心做的。」

我一向不怎麼喜歡趙詩涵。

什麼都要搶鋒頭，想要受到所有人的重視，包括這次事件，她為什麼要帶上一堆飾品討好大家？既然帶了，又不好好收著，如此「樹大招風」，丟了東西是很正常的事。

麻煩的是，波及到其他無辜的人。

事情鬧到班導那裡以後，對我來說，算是安全收場。幸好班導沒有特別偏袒趙詩涵，立刻給予陳儀心懲處。

也應該是說不過我吧，所以最後班導也認為，既然大家拿不出其他證據證明東西是陳儀心偷的，就不該你一言我一語地陷人於不義之中。

對於這個結果，同學們並不是太滿意，畢竟這種「案件」，終究還是要有一個「真凶」，並且為自己的罪行付出代價，才能大快人心。

從那一天開始，同學們對於我還有陳儀心，明顯地不友善起來。

※ ※ ※

「就是為了要逞英雄，林君宸才這麼護著陳儀心吧？」
「她們會不會是串通好的？」
「句點王會喜歡她嗎？」
「陳儀心不是只會寫程式嗎？她懂什麼叫戀愛嗎？」
「兩個都是怪咖，怪咖的愛情我們不會懂啦！」
「還說不喜歡女生，我看林君宸明明就哈陳儀心哈得要死！」
「她們兩個同寢室欸，說不定老早就『有什麼』了！」

流言開始像龍捲風一般狂捲，我和陳儀心又多了好幾個標籤。

#蕾絲邊情侶
#鴛鴦大盜
#說謊二人組

對於大部分的高中女生來說，流言就像是口香糖一樣，沒什麼營養，但是甜甜的，嚼起來頗有滋味。總而言之，不管嘴裡嚼的是誰的流言，只要不是自己的就好。

煩的是，這一次被嚼的是我和陳儀心。

雖然班導沒有給陳儀心定罪，大家依然認定她就是小偷，開始對她做出排擠性的小動作。又由於我是全班唯一一個為她說話的人，加上先前各種「我喜歡女生」的聲浪，她們根本沒求證，就硬是把我和陳儀心湊成一對。

走到哪，都有多事的眼光與竊竊的嘲笑。

兩個以上的女孩聚在一起，是非與流言就沒有休止的一天。

事情明明就是因趙詩涵而起，為什麼受到討論的卻是我和陳儀心？

各種好事的目光、嘲諷的言辭，即便距離偷竊事件已經過了好一段時間，還是沒有消減的趨勢。而我，需要寫出比平常更多的文字，才能讓自己的情緒不爆發出來。

這天，放學前的最後一堂課是體育課，練習的是躲避球，我一直被刻意地圍攻襲擊，有幾球甚至直接瞄準我頭部。除了要防止自己被擊中，還要想辦法護住陳儀心，因為她也是這場混戰的攻擊目標。

「喔！護女友心切，好樣的。」

隱隱的嘲笑聲此起彼落，比起那顆球，更像殺傷力強大的流彈。

在憤怒狀態下的我，體力消耗得更快，等到鐘聲響起之後，只想趕快遠離人群，什麼也不做，癱在頂樓的地面上。

我跟陳儀心一起回到教室收拾書包，進門時，趙詩涵和她的跟班張怡慧，很融洽地站在講臺前閒聊著，不知道說了什麼無聊的笑話，張怡慧甚至笑彎了腰。所以，她們兩個並沒有看見我和陳儀心。

但是，坐在位置上收拾的宋玉婷看見了。

很短的一瞬，宋玉婷斜睨我倆，露出了別有他意的笑容。淡淡上揚的唇線裡，包藏著輕蔑與敵意，在我還來不及反應之前，那挑釁的神情已經消失，她低下頭，繼續整理桌上的考卷。

媽的，那是什麼意思？我握緊雙拳，本來想衝上前理論。

「妳怎麼了？」陳儀心的聲音，從身後傳來。

「她……」本來還想說些什麼，理智也剛好在這停頓中回來了。

我衝過去又怎樣呢？根本沒人看到宋玉婷方才的表情，如果跟她大吵的話，別人反而會覺得是我在挑釁吧？

「我們去頂樓吧。」陳儀心說。

我深吸了一口氣，回應：「走吧！」

4 她說那是回禮

來到頂樓以後，傍晚的微風無法吹滅我燒得正旺的怒火，我把所有的不滿，全投注在文字上了。

我開了新的故事，把宋玉婷和趙詩涵的特質，揉合成一個角色——可憐又可悲的「綠茶婊」。

故事中的女主角，在朋友圈中是人人欽羨的「公主」，擁有氣質秀雅、引人注目的外貌，生活也過得相當奢華。從來沒有人見過她同一套衣服會穿過第二次，她手裡的名牌包也是一個接著一個的換。雖然只是公司裡的小職員，但她每週都可以到美容中心做上最高級的ＳＰＡ，也可以不計成本地瘋狂購物。

沒有人知道，她之所以能過上那麼「美好」的生活，全是她用身體換來的。她與好幾個商界的大老闆過從甚密，經常參與各種飯局與約會，每次和大老闆們結束一夜情之後，她都可以得到一筆可觀的「收入」，用以支付她生活上的各種費用。

然而，這種日子過久了，她累了，開始對愛情懷起憧憬，期許有一個「王子」

能將她帶回城堡，好好地呵護她，以度過餘生。是的，憑她高貴的外貌，以及被那些大老闆們調教出來的高雅談吐，她很快地便在滿滿的追求者中找到了一個溫柔多金的王子，預備步入禮堂。

豈知，就在婚禮上，過往與她有染的幾個大老闆是新郎的賓客之一，並且是新郎頗為尊重的長輩。她過去的所作所為，開始隨著流言四散。

新郎起初雖然相信她，但調查之後，各種鐵證歷歷，他終究無法接受這樣的妻子，解除了婚約。

才剛成為城堡的女主人，她就失去了一切。

寫到這裡，應該可以解我心頭之恨了吧？很可惜，當頁面上的文字越積越多，我的憤怒也越發接近滿溢，就快要爆發出來了。

「媽的！」迎向迎面吹來的冷風，我吼了一聲：「煩死了！」

坐在旁邊的陳儀心，從書本中抬起頭，問：「怎麼了？」

聽到陳儀心的聲音，才驀然驚覺，我一直聚焦在自己的憤怒上，上頂樓以後什麼話也沒說，一個勁地以文字發洩，而忘了關心她的心情，畢竟她今天也不好過。

「抱歉，因為我很生氣，忘記跟妳說話了。」我語帶歉意。

「妳在氣什麼？」

「太多了。」一想起來，好不容易才降溫的我，又要燃燒起來：「先是無緣無故地誣賴妳偷東西，又傳那些我跟妳在交往的奇怪流言，然後剛剛放學的時候，我不知道妳有沒有看到，宋玉婷用不屑的眼神瞪了我們一眼。」

「複雜的事情，遠離一點就好。」相較於我的激動，她看起來平靜許多。

「最近發生那麼多事，妳都不會生氣嗎？」

「會。」

我不解地看著她：「妳看起來好像沒事的樣子？」

「繼續生氣的話，很不舒服，我不喜歡。」她一邊搖頭一邊說：「所以我遠離，看書。」

她在被人團團包圍的情況下，還拿出書本閱讀的畫面，重新回到我腦海裡。

「所以那天大家懷疑妳偷竊而吵成一團的時候，妳才會拿書出來看？」

「對。」她說：「看程式書，就不會生氣。」

果然跟我當時想的一樣。

「妳不想解釋嗎？」

「我已經說了，我沒有偷東西。」

「可是她們都不相信妳啊！」我比她還要氣憤。

「複雜的事，我不管。」她再次重申：「我沒有偷東西。」

「我知道啊！」我呼出一口長長的氣，才暫時壓下不滿的情緒：「妳才不會做那種無聊的事！」

「妳相信我。」

「對啊，我們是朋友啊，我有什麼理由不相信妳？」

「謝謝。」她微笑。

「啊，小事情啦。」我摸摸頭，突然有些臉紅。

「遠離了複雜的事情，就不要再生氣了。」她這句話聽起來，像是對我的勸告。可是，我深呼吸了幾次，還是無法有效地平靜下來。

「我還是覺得偷竊的事根本就是趙詩涵自找的！誰叫她要帶那麼貴重的東西來學校！看到妳被欺負，我就不高興。」我不滿地吼著：「還有宋玉婷，那是什麼欠揍的眼神？」

「複雜的事情。」一如往常的，她不多加批評。

「這兩個人真的很討厭。」

「妳不喜歡她們？」

「討厭死了！」我搖搖頭，嘆了一口氣：「要是有她們的把柄就好了！」

「什麼是把柄？」

「就是只要說出去，就會讓她們完蛋的祕密。」

「祕密？」

「比如她們曾經偷偷犯了校規，只要有證據，就可以讓她們受到處罰；或是她們曾經在通訊軟體上跟別人偷偷講對方的壞話，只要有截圖，她們的友誼就會受損。」我嘆了一口氣：「但怎麼可能弄得到啊，我又不是駭客，所以只能寫在小說裡啊！」

陳儀心沒有答腔，再次將目光移回筆電上，發出快速的鍵盤敲打聲。

也難怪，我又說了讓她不感興趣的話，她不想回答也是應該的。我也只好回到我的故事裡，把無可言說的氣憤投射在爭鬥的情節上。

剛剛的那個故事，我會給女主角更難堪的下場。

反正，在創作裡，執筆的作者是唯一的「老大」，她有權決定誰生誰死，以及誰可以得到幸福快樂，誰又將孤獨終老。所以才會有人說，不要得罪寫故事的人。

除了被拋棄之外，結局是不是還要讓女主角被分屍或是凌遲致死之類的？

陽光逐漸消散，我和陳儀心敲打鍵盤的聲音像是某種節拍規律的合奏，我們努力地用自己的方式，在充滿「複雜的事情」的人生裡，取得片刻的平衡。

不知道過了多久，陳儀心按鍵盤的速度漸緩，我耳邊傳來她的聲音：「有東西要給妳。」

因為還專注在眼下撰寫的劇情，我隨口回：「是什麼？」

「過來看。」

「我看不懂程式啊！」

「不是程式。」

我這才放下筆電，挪動身體到離她約半步距離、不會讓她感到壓迫的位置。

她的螢幕上，是社群軟體的畫面，上頭顯示著某個沒見過的陌生帳號，而且，沒有任何追蹤人數。雖然頭像是用無法辯識使用者的風景照，但隨著陳儀心將滑鼠滾輪往下轉，隨之出現的，是宋玉婷和化學老師謝新學的親密合照，擁抱、接吻、牽手……凡是情人間會有的互動全都有，顯示了令人震驚的事實：宋玉婷與謝老師超過師生之間應有的分際，並且是不應該存在的「戀人關係」。

「天啊，他們兩個在交往？」

「這個帳號是不公開的，只有使用者本人才可以看到內容。」

「那妳怎麼可以看到？」

「就……駭客程式。」

「不會被發現嗎？」

「不會。」她的話語裡沒有遲疑。

「妳太強了！」

對比我激昂的情緒，她僅是淡淡地對我說：「回禮。」

「啊？」我困惑地問。

「妳相信我沒有偷東西，也幫我說話。」

她的回答很簡短，卻足以讓我莫名害羞，面頰一陣燥熱，與剛剛的怒火截然不同。

「啊……謝謝。」連我的回答，也變得短促。

她抓起一個隨身碟，將擷取下來的畫面存放進去。

我的注意力也跟著回到畫面上，開始提出各種想法：「跟老師交往，是很大條的事情，要是被發現，這兩個人會一起完蛋！」

「嗯。」

「真的藏得那麼好，沒人知道嗎？」我思索了一會，又說：「連她的兩個好朋友，趙詩涵和張怡慧都不知道嗎？」

「妳等我一下。」

說完，陳儀心又打開黑底畫面的程式軟體，在上頭輸入一大串咒語般的符碼。

「妳要幹麼？」

「駭進趙詩涵的通訊軟體看看。」

「這也行？」

確實，只要調閱趙詩涵與宋玉婷的往來訊息，就可以知道「祕密」到底有沒有洩漏出去了。

「試試看，要一點時間。」

接著，她的螢幕畫面快速跳動著。

我不懂程式碼，對我來說，陳儀心就像是奇幻小說裡的巫師，不同的只是施咒的媒介是電腦而不是手杖。

跳動的電腦畫面正努力接收指令，不斷閃爍的游標讓人也跟著緊張起來。

到底能抓到多少把柄呢，宋玉婷？

這個時候，我沒法給予陳儀心協助，便開始想著，剛剛到手的「好東西」該怎麼處理才好？

直接把照片拿給宋玉婷看，問她打算怎麼堵住我的嘴？

不好，正面迎敵不是最好的計策，如今我握有如此有利的籌碼，沒必要讓對方有明確還擊的機會。

還是傳給其他同學吧，比如李又唯那個八卦女，她一定會散播出去的。這種「勁爆」的話題，應該能讓大家一路講到畢業，甚至會「無中生有」更多流言出來。這還不算大事，重點是流言一路傳下去，老師們也會知道。入學時就已經言明禁止師生之間的私下往來，而宋玉婷犯了大忌，會被趕出學校吧！

再過不久就要大考了，一旦被退學，她怎麼考試？沒辦法考試的話，宋玉婷的優勢就一點用處都沒有了，我看她再怎麼用鼻孔看人！

想到這裡，我忍不住發出得意的笑聲。

胸口湧上一陣暢快的清涼感，就像是浸沐在廣闊的海洋裡，讓陣陣波浪洗去煩悶，實在是太舒服了，活著真是一件美好的事。

「林君宸。」

過了好一會，陳儀心的叫喚，把我的思緒拉了回來。

「怎麼樣，有發現什麼嗎？」我對她投以期待的目光。

她的螢幕上，出現通訊軟體的對話紀錄，她把電腦朝向我，一面對我說明：「宋玉婷應該沒有把和老師交往的事情告訴趙詩涵她們，但是被趙詩涵發現了。」

「啊？」

陳儀心調出兩則對話紀錄，是趙詩涵和謝老師的。

趙詩涵以宋玉婷的未來為理由，甚至，還搬出了她的校董父親，再三提醒謝老師不應該冒著莫大的風險，做出影響校規與校風的事情來。雖然聽起來很有道理，語氣也很委婉，但趙詩涵的目的非常清楚——她希望謝老師與宋玉婷分手。

照理說，一般人若是察覺自己的朋友和老師之間有不尋常的關係，應該會先和朋友求證吧？就算要提醒事態的嚴重性，也會從自己的朋友勸起，不是嗎？

所以，趙詩涵為什麼跳過宋玉婷，直接找上謝老師？

我覺得她一定另有目的，也不禁感嘆她的城府：「嘖嘖，看不出來，趙詩涵居然私下威脅謝老師和宋玉婷分手。」

「嗯。」

「難不成，她也喜歡謝老師嗎？不然幹麼這樣做？」

「我不知道。」

陳儀心像剛剛一樣，把畫面擷取下來，存放至準備好的隨身碟內。

「看來宋玉婷已經跟謝老師分手了。」我回想放學時教室內的情景，說：「難怪剛剛在教室，她沒有跑去跟趙詩涵她們聊天，心情一定很不好吧。」

所以宋玉婷才會用那種眼神看我，是為了要洩恨嗎？

「嗯。」

「如果她知道是趙詩涵搞的會怎樣？」我笑了。

「複雜的事情。」

陳儀心並沒有針對我的提議發表意見與想法，每當她說出「複雜」兩字，就代表那件事不在她的思考能力範疇裡。

「沒關係，我來想該怎麼做。」

陳儀心將隨身碟卸除後交給我，說：「這個隨身碟查不到紀錄，妳可以放心使用。」

「謝謝，妳真是太厲害了。」

「需要什麼，再跟我說。」

應該怎麼布局，才能讓宋玉婷陷入最要命的絕境裡呢？

如果這是小說情節，我要怎麼寫，才能設計出最厲害的環節？

啊，我知道了！

「等一下！」我阻止陳儀心闔上電腦螢幕，說：「我還需要妳的幫忙。」

「什麼？」

「妳有辦法把趙詩涵和謝老師的對話截圖傳給宋玉婷，又能讓她們查不到是誰傳的嗎？」

她沒有思考太久，便對我點了點頭。

她沒有問我目的，也從來不會問我，複雜的事情我向來無需和她說明。

待我跟她確認好將訊息發出的時間以後，她再次開始在漆黑的畫面上施作魔法，沒有多久，她便淡淡地告訴我，已經順利設定好了。

宋玉婷，妳接招吧。

這一次，我可不是在寫小說，而是為妳量身訂作，一灘難以抽身的泥濘。

5 復仇之夜

我將訊息發出的時間設定在週六早上，讓宋玉婷在回到家中享受假期時，以最無防備的狀態接受衝擊。這樣一來，她便有兩天的時間累積心中的憤怒，等到週日晚上見到趙詩涵，怒火會燒得多大呢？

同時，在週五放學前，我把存有宋玉婷和謝新學老師親密照的隨身碟，趁著大家上外堂課，教室空無一人的時候，放進八卦女李又唯的書包裡。

誠宜高中創校以來最勁爆的校園話題，能不能流傳開來，就掌握在李又唯手上了。

果不其然，宋玉婷週日晚上回到學校以後，臉色一直不太好。她扔下行李，就跑出去了。

趙詩涵回來後，帶著蛋糕去找她，兩人卻沒有一起回來。

友誼破裂了吧。

這才不過是開始，那些親密照還沒有公諸於世呢！

我想起我曾經寫過的，宋玉婷和趙詩涵為了私利而互相廝殺的故事，接下來，就會在現實中真實上演了，會掀起多大的風波呢？最好是殺傷力最大的海嘯，那麼，所有人去觀浪就夠了，就不會再為我和陳儀心編造無聊的流言。一直以來，都是別人點起我的怒火，總算有一次機會，讓我反客為主了。

我坐在床上，整理明天上學需要的東西，露出淡淡的笑容。

陳儀心仍然坐在書桌前，對著電腦敲敲打打，從我的位置，只能看見她披垂頭髮的背影。對著她，我的笑意更深了，覺得好像完成一次偉大的冒險，而我有一個世界上最聰明也最出色的隊友。

不知道她想起我的時候，會不會也有這樣的感覺？

我拿起手機，發了一條訊息給她。

君：宋玉婷一定看到訊息了，看她失魂落魄的樣子。

她轉過頭，將視線移向我，我對她點頭笑了笑。

陳儀心：嗯。

君：我們真是世界上最強的組合了。

陳儀心：因為妳是朋友。

君：當然，謝謝妳。

陳儀心：嗯。

她放下手機，再次轉過身，回到她電腦裡的世界去了。

有一個與自己站在同一陣線的人，好過於孤身奮戰。

收拾好東西以後，懷著輕鬆的心情，我沉沉地睡去。

在夢裡，我和陳儀心化身成一對出生入死的女殺手，我們一同迎向目標，她策劃、我行動，是毫無破綻的最佳組合。

當我們奔馳於黑暗之中，兩雙皮靴敲擊於地面的節拍，如同現實中她寫程式、我寫字，是最完美的共鳴，無論少了誰，都不再完整。

任務完成，也脫險以後，我與陳儀心癱坐在海邊，她露出釋懷的笑容，主動對我說了話：「這麼多年來，妳是第一個跟得上我腳步的人。」

對我來說又何嘗不是。

「下一次又是什麼任務呢？」

我們視線相對，陳儀心對我伸出手：「我很期待。」

接著出現一陣劇烈的槍響，我的意識逐漸模糊。

再來，槍聲逐漸變成讓人不耐的呼喊：「宋玉婷，快醒醒！」

我驚醒了。

聲音的來源是張怡慧。

天都還沒亮呢，這個大嗓門又發出尖銳的聲音，讓人不悅。

「起床鐘聲又還沒響，妳是在吵什麼啊？」我揉揉惺忪的睡眼，不滿地說。

我還想在夢裡跟陳儀心獨處一陣子呢。

「抱歉抱歉，但發生了很大的事，一定要把玉婷叫醒。」

嗯？

難不成……？

部署好的計畫，這麼快就發生啦？

我坐起身，往陳儀心的床位看去，她坐起身伸了個懶腰，面無表情地看著眼前的喧鬧。她將視線投向我，我對她搖搖頭，表示不需要在意。於是，她又躺回床上去了。

拿起手機，我查看了班上的群組，果然，宋玉婷與謝老師的親密合照，已經被發進群組。

對那群好事的女人來說，有八卦哪能不看啊，群組裡已然鬧成一團亂。

宋玉婷被喚醒之後，對於群組裡的狀況先是一陣錯愕，再來就是一副面臨世界毀滅的模樣。

由於已經先把趙詩涵和謝新學老師的對話截圖傳給了宋玉婷，她知道是趙詩涵「破壞」她的感情，她的理智很快就斷線了，一口咬定是趙詩涵把私密照片傳出去的，兩人扭打成一團，鬧得不可開交。

趙詩涵很明顯被嚇到，一臉懼怕，力氣也不敵陷入「瘋狂狀態」的宋玉婷，被她壓制在身下，挨了好幾個耳光，只能拚命地求饒：「不要打我，拜託妳……不要打我！」

時時站在C位的公主——趙詩涵，可曾想過自己有一天會是如此的下場？她總是受盡呵護，被人捧在手心裡，耐得住這麼不堪的羞辱嗎？

宋玉婷也非真正占上風，她那驕傲的資優生自尊，也在她揮下手臂的那一刻，被自己摔得粉碎。

#師生戀

#表裡不一

#對男老師投懷送抱

#誠宜之恥

#小婊子

我幾乎可以想見，這些標籤將會如同枷鎖一般，牢牢地將宋玉婷禁錮在十字架上，等待接受正義的火刑。勝利的快感浮上我心頭，比撰寫任何一篇故事更加滿足。

往日她對我的所有歧視，我要百倍奉還於她。

6 怎樣才是喜歡

人類都是喜新厭舊的。

當一個值得談論的新話題擺在眼前，像灑上糖霜的甜甜圈一樣，有哪個高中女生能抵擋那誘人的滋味呢？

真的是一夜之間，再沒有人在意鬧騰一時的偷竊事件。我和陳儀心是不是滿懷詭計的鴛鴦大盜，已不再重要；我的性向究竟有多讓人感到曖昧，也失去討論的必要。因為現在的熱門話題是：

放課後的私密調教——資優生宋玉婷與化學老師的不倫戀。

在過去，宋玉婷的人際關係雖不如趙詩涵那般好，好歹她是個資優生，人們多少對她有幾分敬畏。

在不堪入眼的照片已公諸於世的如今，成績優秀這件事再也當不成她的保命符，她成了遊街示眾的階下囚，隨便一個過路人都可以對她啐上一口痰、砸出一顆雞蛋。

自傲的宋玉婷，聽說在校長室接受審問時，還不肯放低姿態，害得謝老師當下就被解除職務，她也面臨被退學處分。

比較聰明的還是趙詩涵，原本我以為她會被宋玉婷的惡形惡狀激怒，從此與對方勢不兩立，甚至動用家族勢力讓宋玉婷往後的日子更難過。豈料，她卻反其道而行，不計前嫌地在所有老師面前替宋玉婷求情，甚至把她的家世用在這件事情上。

至此，全校上下，沒有一個不佩服她寬闊的氣度。

無論是不是真的善良，她比以前更站穩C位。畢竟，她在往日已建立牢不可破的正面形象，這次的抉擇更讓她大受景仰，突顯了「善者益善，惡者益惡」的道理：宋玉婷的人格已經毀於一旦，對比她的善良，就更面目可憎。群眾向來會跟著風向走，哪裡石頭最多，跟著一起把手裡的碎石往那丟就對了，同聲一氣的，都是戰友，不會被孤立。提出盲點的聰明人反而會成為另一個眾矢之的，所以，反正大家都不喜歡宋玉婷，跟著批評就對了。

「宋玉婷也許馬上就會被趕出學校了。」

在頂樓上，我十分得意地對陳儀心說。

「嗯。」她淡淡地點頭。

「可惜沒有整到趙詩涵，她還從中得利了呢。」說完，我嘆了一口氣。

「我還能幫妳做什麼？」

「妳已經幫我很多了。」我對她比出大拇指：「妳是我見過最棒的駭客。」

她正好抬手將一頭直髮推向腦後，披垂在肩後的髮線順著肩膀的弧度微微從旁滑下，畫出了美好的線條。順著線條，我將視線向上延伸，便是她因讚美而綻放的笑顏。

「謝謝。」

那一瞬間的感覺太怪了，該不會，我真的喜歡女生吧？

否則為什麼彼此相視後，她的眼眸精準地朝我胸口一擊，我的心臟就開始不受控地跳動？我明明沒有上體育課，呼吸卻像跑過十圈操場一樣，逐漸急促且厚重。

過去我的情緒焦點總是在憤怒與復仇上，我幾乎不曾察覺它還能有其他的過激反應，比如此時此刻。

是因為之前的夢嗎？我和陳儀心在幻夢中是並肩作戰的好搭檔，彼此的羈絆也延續到現實。

太奇怪了。

她雖然移開了視線，似乎還在等待我的回應。我的慌亂連帶影響表達能力，僅像個呆子一樣地抓抓頭，轉移到其他話題上。

「啊，沒什麼啦！妳今天不看書嗎？」

「不想。」她搖頭。

「為什麼？」

確實，她今天是空手上來頂樓的。

「就想坐在妳旁邊。」

我皺起眉，緩緩地坐起身，不解地看著她：「儀心，為什麼妳會想待在我身邊呢？」

「妳和她們不一樣。」

「妳是說同學們嗎？」

「嗯。」

「為什麼？」我又問。

「妳聽得懂我說的話。」

確實不曾有其他同學，像我一樣和她有過那麼長的對話。那又怎麼樣呢？能夠好好交談、討論彼此的世界，不就只是朋友而已嗎？

我有必要慌慌張張的，好似作賊一樣嗎？

「之前班上一直在傳我跟妳在一起的事，妳不介意？」我試圖了解她的想法。

她指指自己，再指指我，說：「這樣就是在一起？」
「當然不是她們說什麼就是什麼。」
她沉思了一會兒，給我的答案依然是：「複雜的事情。」
「我只是很不高興，惹事的明明就是趙詩涵，受到討論的卻是妳跟我。」
談起那些讓我厭煩的事，陳儀心並沒有很在意：「那是她們的事情。」
「也沒錯啦，嘴巴長在她們臉上，愛說什麼誰也阻止不了。」但是，我和陳儀心的事，又哪裡需要她們一人一張嘴的評論，她們是誰？
「在這裡，才是我們的事情。」
她的回答，讓我既高興又困惑。
高興的是她有把我當作一回「事」；困惑的是，她對我的感覺也是像我對她那樣嗎？
我鼓起很大的勇氣，才敢接著問：「妳喜不喜歡我？」
「不懂。」她搖頭。
我這麼沒頭沒腦的問法，難怪她無法理解。
「覺得複雜嗎？」
「對。」
要是講太多「複雜」的事，大概會惹她不快吧，於是我問：「妳希望我離開嗎？」

「不。」

「妳希望我待在這裡？」

「嗯。」

「和妳一起？」

「嗯。」

我淡淡的笑了。至少，她並不討厭我：「那麼，我們就像以往那樣相處吧。」

「這樣就是喜歡嗎？」

和她相處的這幾個月以來，我發現她對認定為「複雜」的事物，並不會產生厭惡，而是純粹無法理解，特別是人與人之間相處時湧生的各種情緒。她不懂為什麼班上的女孩要組成小團體，也不能理解女孩之間的心眼。

所以此時此刻，她一定不懂所謂的「喜歡」是什麼吧？

我也羞於向她說明。

「我可能無法讓妳明白什麼是『喜歡』，不過，如果妳還希望我常常在妳身邊的話，那我們就繼續這樣下去吧！」

「嗯。」

接下來，我把焦點放在她身上，詢問她最近正忙著寫哪些程式、有什麼規劃，她也把正在螢幕上撰寫的內容與我一同分享。

這樣就夠了。

我謹記她說過的話，只是因為喜歡，便去做那件事，結果、未來什麼的，都不重要。

所以我也可以僅是喜歡她，而願意與她在一起，無論我們的明天如何。

7 未盡之憾

因為「我好像喜歡陳儀心」這個奇異的發現，我整個下午都處在亢奮狀態。集中精神去想著一個人，也是一件極度耗體力的事。

下午的幾堂課，我幾乎沒記住老師們講過哪些重點，我密密麻麻的筆記本上，也只是無限重複寫著「陳儀心」這三個字。

接近放學時間，我全身的能量都耗盡了，睡意向我伸出狂妄的魔爪，我幾乎快張不開雙眼。

鐘聲響後，陳儀心走到我的座位前，輕聲問我：「走嗎？」

那是邀請我一起去頂樓的意思。

與她單獨相處，那是求之不得的事情，但我現在毫無體力在頂樓寫下任何故事，也害怕與她說話時會因為過於疲倦而分神。

況且，我還需要一些獨處的時間，好弄清楚我對陳儀心的感覺。

我撐著額頭，慌忙地把寫滿她名字的筆記收起來，帶著歉意地看著她，說：「抱歉，我突然很想睡，想先回宿舍補一兩小時的眠，晚一點過去好嗎？」

「嗯。」

「那，我們一起回宿舍嗎？」

「我要去一下圖書館。」

「好。」

「要帶晚餐回來給妳？」

「沒關係，我大概會睡到六點半吧。」我說：「等我起來以後，再去學餐拿飯到頂樓上吃吧。」

「嗯。」

「那，就待會見囉。」

「嗯。」

昨天晚上因為趙詩涵和宋玉婷的事，被弄到睡眠不足，今天又因為與陳儀心的距離拉近許多而過度開心，導致體力雙重消耗，才回到宿舍躺下，很快就失去意識了。

睡夢之中，我看見陳儀心笑得很燦爛，比我在現實中見過的笑容更加鮮明。我們身在往未知駛去的列車車廂內，她與我說了很多話，最重要的一句是：

「就這樣吧，以後都和妳一起，如何？」

和我一起。

在我回應她的邀請以後，她發出了悅耳的笑聲，音量也越發增強，直至整個空間都被她的笑語掩蓋。

驀地，變得有些刺耳。

「儀心，先別笑了！」

然後，她笑意滿盈的臉龐在我眼前逐漸溶解淡出，隨之而來的，是一大片灰暗的模糊感。

我再也聽不見陳儀心的聲音，取而代之的，是張怡慧憤怒的嘶吼：「我不是白痴！我不是！」

可惡，如此美好的夢裡，為什麼又是這個雀斑臉跑來攪局？

我被帶回現實，以極度無禮的方式。

憤憤地掀開棉被，我準備下床把那個不識好歹的女人罵一頓，卻被隨之而來的景象嚇住了。

那個單純到不行，做事也沒頭沒腦的張怡慧，居然以張牙舞爪的可怕姿態，將趙詩涵給壓制在地，並且使出全身力氣，狠狠勒住對方的脖子。

這個動作不知道持續多久了，因為趙詩涵已經一動也不動，像是死掉了。

另外，更可怕的是，除了被勒死的趙詩涵之外，在她們身後不遠處的共用桌前，宋玉婷瞪大著雙眼，滿臉血痕地癱倒在桌上，看來斷氣一段時間了。

「這什麼……」我呆住了。

鬧不愉快的應該是宋玉婷和趙詩涵兩個人，就算引發殺機，也該是宋玉婷殺了趙詩涵才對啊？張怡慧是從哪裡冒出來的，她殺人的動機是什麼？

我還在做夢嗎？這是不是我之前寫的那篇，宋玉婷和趙詩涵因互鬥而兩敗俱傷，最後是張怡慧坐收漁利的故事？

張怡慧轉過頭，看見我以後，立刻氣急敗壞地朝我衝過來。

「不要叫！」

她齜牙咧嘴的樣子讓我著實嚇了一跳，下意識往後退了兩步：「妳……幹麼？」

「拜託妳不要叫，別人會聽到的！」

我還來不及反應，她便以平常不曾有過的敏捷遮住我的嘴，我掙扎地想把她推開，她也不知道哪裡來的力氣，用力地將我推回床上，我就像方才被她壓制在身下的趙詩涵一樣，完全動彈不得。

這是要殺人滅口嗎？

媽的，我根本還沒搞清楚發生什麼事欸！

唯一能確定的只有，這不是夢。

張怡慧那張被鮮血噴濺的臉孔與我近到不能再近，我清楚地感覺到從她鼻子裡噴出的氣流，恐懼與噁心感開始逐步吞食我的理智。

我所面臨的危急度可比擬所有凶殺案中的案發場景，但是，我想當的是寫故事的作者，不想當故事裡即將與死神相會的角色啊！

「拜託妳，不要叫，不要說出去！」張怡慧拚命喘氣，惡狠狠地盯著我，一副要把我生吞活剝的樣子：「不能讓別人發現，也不能讓老師知道，不然我一定會完蛋的，拜託妳！」

我伸出沒被她壓制的左手，使了好大的勁，才將她蓋在我嘴上的手移開。我想弄清楚狀況，問：「她們……是妳殺的嗎？」

「不是我不是我不是我，我一進來，她們兩個就都中毒了，我不知道是誰做的！我不知道！不是我！」她越顯得慌亂，真相便越發欲蓋彌彰：「我只是要趙詩涵閉嘴而已，因為她罵我白痴……不是我，我不是故意的，我沒有掐死她，不是我，妳相信我……」

她承認了，趙詩涵是因她而死的。

事情越來越混亂了。

我僅能在狹縫一般的時間裡稍稍理出頭緒：趙詩涵和宋玉婷因為截圖事件鬧得不可開交，最後引發殺機，我猜是失去一切的宋玉婷為了報復，所以下毒想和趙詩涵同歸於盡。

但是，張怡慧一向是趙詩涵的「好跟班」啊！到底什麼原因，非得殺死自己的好朋友不可？

難不成是不甘心只能當跟班的命，才趁趙詩涵命危時痛下殺手，好搏一個能站上C位的機會？

我不會真的一「筆」成讖吧？

那可是張怡慧欸！她有這麼聰明嗎？

「妳掐死了……趙詩涵？」我再次確認。

「我沒有，我沒有，我沒有！」她死命地搖晃著我，我的骨頭就要被她拆散了。

她焦急地再三重複：「拜託妳相信我，不要說出去……」

說不說出去是其次，我得想個辦法逃開這裡。

我還等著跟陳儀心去頂樓呢。

陳儀心！

想到這裡，我胸口突然一緊，讓人窒息的冰涼感隨之竄出。

陳儀心應該不在這裡吧？她沒事吧？

環顧了四周以後，發現再無其他人存在，我鬆了一口氣。

那麼，我得趕快逃出去找陳儀心才行。

我慌忙地衡量自己與大門之間的距離，計算逃開張怡慧的控制大約需要多少時間。我以極度短暫的思考時限想出唯一的對策：用一秒鐘的時間使出全力將張怡慧推倒，再用三秒鐘奔向大門，只要能夠離開寢室，安全性就會立刻提升。

未料，在我準備執行動作以前，張怡慧突然地退後了一步，火速地抓起一旁桌上的水果刀。

我大驚，想要從她手裡搶下那可怕的東西，卻被她俐落地閃開了。

「妳要幹什麼？」我只能想辦法拖住時間，至少不要讓她馬上動手。

「妳能答應我不把事情說出去嗎？」她瞪著我的模樣，如同病入膏肓的精神病患，神情冰冷且逼人，與往日那傻乎乎的樣子完全不同。

不管了，先逃再說。

我轉向床的另一側，打算從反方向逃走。

失去理智的人，是不是力氣都特別大？我的雙腿還來不及落地，就被張怡慧一把拉了回來。她說：「妳要去哪裡？去跟老師說嗎？」

完了，跑不掉了！

「妳冷靜……」

什麼!?

我腹部猛然傳來刺痛感，而張怡慧又摀住我的嘴，阻止我發出驚呼。我低下頭，水果刀直挺挺地橫在刺我的肚子上，熱辣辣的血，從傷口不斷地淌下。

可怕的傷口與隨之而來的劇痛，讓我失去重心倒在床上。我再也看不見張怡慧，但仍能聽到她瘋狂的話語：「對不起……我沒有別的辦法！只有這樣，妳才不會把事情說出去……」

我不想死。

不是現在，不是這裡。

以往的我，總是在虛構的故事裡尋找存在價值，如今好不容易有一個人讓我在現實中也看見希望，我有預感生命會因她而不同——陳儀心。

我還有很多話想跟她說，也有很多「任務」想跟她一起執行，我不可以不明不白地離開這個世界。

「救……我，救……救……」生命正從腹上的大洞高速流失，我再也沒有起身的力氣。

痛。

刀子又無情地自我身上揮下，我再也分不清是哪些部位受到攻擊，只覺得整個身體都要被撕碎。

「妳閉嘴！妳閉嘴！妳閉嘴！」張怡慧的瘋言瘋語在空氣中迴盪，好像不斷重複的咒語，預言我不久之後的下場。

可惡。

我真的好像連話都要說不出來了呢。

陳儀心什麼時候會回宿舍？算了，不回來也好，張怡慧現在根本就是個瘋子，要是陳儀心回來了，也會陷入跟我一樣的危險之中。

只是，我沒有力氣再為她做些什麼了。原本我以為，把那些截圖與相片傳出去，可以讓宋玉婷也嘗嘗跌落谷底的滋味，並為陳儀心出一口氣。我沒想過這一鬧，會弄出慘烈的人命來。

也包括我的。

如果當時，我選擇好好地與陳儀心相處，不要去管不相干的人，結局是不是就會不一樣呢？我和陳儀心會不會真的有機會，像我夢中所見的，一起浪跡天涯？

只可惜，這世界上沒有那麼多「如果當時」。

我都還沒告訴她，我喜歡她……

第五證人

あんたに
死んでほしい

第五證人　陳儀心

我真的是人類嗎？
我從來沒法和人類和平相處，
簡單一句話，可以被他們解讀成數百種的意義和情緒。
他們複雜、難解、可怕、聒譟……
我無法融入，我習慣孤獨。

如果這個世界是用程式寫就的，
也許，我就不會惹來那麼多誤會了吧。

1 我不喜歡說話

我從什麼時候開始變得不愛說話？

嚴格說起來，我天生就不喜歡說話，也不喜歡身在人群之中。

我討厭一群人嬉鬧的吵雜聲，那會讓我覺得腦袋裡出現很多蜜蜂不停迴旋；我也不喜歡肢體碰觸的感覺，即便對方是無心的，被碰觸過的皮膚常常有火燒過的刺痛感。

所以，從小我就不太會跟其他孩子一起玩耍，我會找安靜的地方看書，或是玩一些一個人就可以參與的遊戲，積木、拼圖之類的。

那麼，我將人類定義為「複雜的事情」，決心要保持更多距離，又是多久之前呢？

我才十七歲，那確實不可能是年代太久遠的事，但我一直都不樂於回想。事情想多會有情緒，一旦堆積太多，就會讓人難受。

比如林君宸好了，她對這世界總是有很多憤怒，每一次敲打鍵盤都好像要把那一顆顆小方塊打碎一樣。雖然那是她的寫作動力，不過維持在情緒滿點的情況下進行創作，對我來說實在太痛苦了。而且，往後重讀作品，不就要再經歷一次同樣的感受嗎？

我一點都不想。

這些話我沒有告訴林君宸，即使她曾經親切地告訴我，在她面前無需隱藏。可是，我過往總因為說了話而惹來許多麻煩，後來能不說就不說，遠離人類這種複雜又麻煩的事物，才能保持在安全狀態。

國小的時候，我的鉛筆盒曾經被摔在牆上，鐵製的紅色長方體瞬間碎裂，而且是無法修復的狀態。

至於摔我東西的女孩，臉上為什麼會有笑容，我很困惑。

後來聽別人說明才知道，因為女孩問過我想不想參加她的生日派對，我當時回應她：「抱歉，我有其他安排，不能去。」

女孩認為我不把她當一回事，認為我拒絕她就是在傷害她，她便摔我的鉛筆盒做為報復。

同學跟我說，如果我要拒絕的話，要更「委婉」一點，比如跟她說：「那天我家剛好有聚會，我會跟我媽商量看看，但是機會可能不大。」

為什麼說實話會造成傷害，說謊就不會呢？

接著，說了越多的實話，生活就越來越糟糕。

「我不喜歡草莓的味道。」

因此，我得罪了喜歡草莓的女孩。

「我不覺得班長討厭。」

因此，討厭班長的人也開始討厭我。

「我不知道A女喜歡B男。」

因此A女和她的好友合力排擠我，並且四處說我要跟A女搶B男，偏偏我跟B男一句話都沒說過，我甚至不記得他的長相。

我如實陳述自己的想法，不帶絲毫惡意，最後被攻擊的往往都是我。

升上國中以後，女孩子的世界越發複雜，我的日子也越來越難過。

我曾經被困在狹小的女廁隔間內，四周瀰漫著難聞的消毒水味與尿騷味，每呼吸一口氣，我都因自由遭受限制而越加窒息。廁所內昏暗的燈光閃爍跳動著，門外明明有細碎的腳步聲，卻沒有人回應我的求援。

接著，一桶混濁的汙水自頭頂澆灌而下，白襯衫瞬間被染成灰色，眼前還掛著幾條聚集灰塵的棉絮。

我發出尖叫聲，回應我的，只有門外一陣開懷的笑聲，以及離我越來越遠的腳步聲。

有沒有這麼誇張？

我不知道什麼叫作誇張，反正我現在就是如實陳述那時發生在我身上的事。

至於我為什麼會發生那樣的事呢？

※　※　※

過了十四歲，也就是國二，學校裡的女生越來越在意外型和身材，吃飯的時候，會有人認真計算每一樣食物的卡路里，不是為了健康，而是不想變胖；穿衣服的時候，如果穿不下S尺寸的衣服，就會被視為丟臉。

所以。

某天上學，我一如往常地走進教室，走向座位的途中，與一個拿著化妝鏡的女孩擦身而過。我不記得她的名字了，可能是我不想回想，但我真的不知道她叫什麼。

「欸，陳儀心。」她放下手上的鏡子，叫住我。

「嗯。」我轉過身。

「我們不常走在一起，所以問妳應該比較準，我朋友她們可能會故意說好聽話騙我。」

「什麼？」

她很認真地看著我，問：「我是不是變胖了啊？」

面對她的問題，我很錯愕，也很困擾。

我一向不主動和班上同學說話，包括這個女孩，也不曾近距離地看過她的身型。

我想不起來，她之前是胖的還是瘦的。

「我不知道。」我搖搖頭。

「唉唷！妳直接說啦，我不會怎樣的。」

後來我才知道，根本不用去思考她到底有沒有變胖，只需要回答「沒有」，就不會有事了。

在那當下，我如實回答了問題。

「妳去量體重就知道了。」

「啊？我是問妳，不是問體重計啦！」

「如果妳量體重之後發現變胖了，就去運動或少吃點，反正有問題就是要解決。」

女孩錯愕地看著我，而我認為已經回答完了，便沉默地回到座位上去了。

拉開椅子的同時，我聽到身後傳來女孩的聲音，聽起來不太高興：「幹！跩屁啊！」

「她大概是在嫌妳胖吧。」

然後，出現了另一個聲音，應該是她的朋友。

關於那個女孩為什麼不高興，我無法得知確切的原因，唯一可以確定的只有，我又說錯話了。

自此以後，課堂上總會有不知來源的紙團扔向我，常常讓老師認定是我在傳紙條，因此受到處罰；我繳交的作業，常會莫名地不知去向，而被記上「缺交」，又再次被處罰；早上進教室以後，我的書桌常常是翻倒的，課本考卷散落滿地。

「瘦了不起喔！扁得跟蘆筍一樣，難看死了！」

「根本就見不得別人好！」

「媽的死三八，有問題就是要解決啊，這麼惹人厭就去自殺啊！」

這些針對我的難聽評論，多半來自那個女孩子及她的朋友，而後慢慢擴及到全班。

「她是不是覺得自己很正？超自以為欸！」

「都沒朋友了還這麼囂張？」

「瞧不起大家就不要來上課啊！」

「我看到她的臉就不爽！」

至於困在廁所，被澆上一桶髒水，是很久很久以後的事，而且，不過是「其中之一」罷了。

我曾經很憤怒，因為我沒有做過的事被流言合理化，成為可以攻擊我的罪名。氣到渾身顫抖的我，無可克制地反擊過，誰拿髒水潑向我，我也跟著灑回去；三個人推倒我，我就一口氣回推這三個人，換來的是更激烈的群情激憤，以及我的「罪不可恕」。

沒有人聽得懂我在說什麼。

人們把我說過的話，用他們的自由意志進行「超譯」後，帶出滿滿惡意，他們便可以毫不保留地「處決」我。

有了這個覺悟以後，我轉向攻擊自己，我搥打自己的身體、摔東西、從事任何可以用力氣破壞的事，直到我再沒有餘力去憤怒。

我越來越討厭說話，也憎惡去學校，這兩樣都是錯誤的根源。

那個時候，我爸媽才發現我的不對勁。

可是，他們到學校找班導談話以後，沒有為我的生活帶來多大的改變。

首先，沒有人承認在上課時間丟紙團給我，被偷走的作業簿也完好如初地回到我的抽屜裡。我所描述的不堪對待，同學們露出困惑的神情，包括那些帶頭對我出手的人。

記憶裡的每一件事，似乎發生在另一個平行時空，與我當時所存在的世界毫無關聯。

只不過，當老師問完話，下課鐘聲再次響起時，譏笑聲和惡意的行為又會再次出現。

「儀心，是不是妳誤會了？」班導私下找我談話時，是這麼說的。

「哦。」

究竟是我誤會了她們，還是她們誤會了我？

回望班導看似關切的面容，我選擇沉默。

「我想同學們都是沒有惡意的，妳不要想太多。」班導拍了拍我的肩膀，說：「如果她們的玩笑讓妳覺得不舒服，直接告訴她們就是了，妳不說的話，她們也不會知道啊！」

終於，我忍不住問了：「包括被關在廁所裡，被潑水？」

班導沉默了很久，才說：「有沒有其他同學看到？」

「我不知道，我被關在隔間裡，裡面只有我。」心中湧起一股莫名的憤怒。

「沒有同學能為妳作證，我不能隨意處分。」

「我沒有說謊。」

「我知道妳比較內向，和班上同學沒有處得非常好，但也不可以誤會別人。」

「這不是誤會！」我吼出聲。

「陳儀心，妳冷靜。」班導也生氣了，站起身怒視著我：「妳可以這樣吼老師嗎？」

「為什麼不相信我？」

「那麼，前不久也有同學來告訴我，妳在打掃時間拿掃把丟她們，妳又怎麼說呢？」

「是她們先拿畚箕裡的垃圾丟我。」

「有人能為妳作證嗎？」班導又是一樣的問題。

「沒有……那……」說到一半，我突然想通了，原本因為想解釋而舉起的雙手也緩緩垂下。我說：「我知道了，妳不想處理。」

她不想惹麻煩。

同學之間的事，越不插手就越好。

「當然不是，我只是希望妳們遇到誤會的當下能試著溝通清楚，我雖然是班導師，但不是每一次都在場……」

「老師，我沒有問題了。」我打斷她，並對她鞠躬：「謝謝。」

我轉身離開辦公室。

但是，心裡困惑極了。

我如實回應的話，被視為惡意攻擊、謊言，讓我受到了極度不適的對待；而所有參與「審判」我的人，卻是一副什麼都沒發生過的樣子，就算有，那也只是「開玩笑」而已。

語言的作用到底是什麼呢？

既然是做為溝通的存在，為什麼在我身上卻完全失去作用？

該說什麼才能讓她們明白？

為什麼無論說什麼都是錯的？

如果語言的作用是招來誤會，它便沒有被使用的價值。

算了，我不說了。

國三下學期的最後幾個月，我沒再去過學校。早上與爸媽道別後，我前往的不是熟悉的上學路線，而是市中心的大型書局。

面對琳琅滿目的書，我本來想研究的是心理學，因為我很想弄明白人們的內心狀態，以及他們的思緒如何影響行為、對言語的解讀。

找到心理學的書架之前，我在另一種類型的書本前停下腳步。

基礎程式語言。

我浮現的第一個想法是，理科的學問不需要參雜太多情緒與感受吧？如果我學會這種語言，是不是就能更清楚表達想說的話？

於是，我拿起那本書，翻開了第一頁。

我缺乏程式語言的先備知識，好在我一向對數理科比較拿手，這嶄新的學習領域雖然有難度，但投注足夠的專注力與時間以後，我總算發現了一個世界，而且，比人類的語言更無溝通障礙。

程式語言不包藏任何情緒，只關乎對與錯、有與無，因此不會遭到誤解。每一個符碼，都是真話。

從那個時候開始，我確定人類是這世界上最複雜的生物，為什麼「我不喜歡草莓的味道」這句話會被喜歡草莓的人厭惡？我並不討厭喜歡草莓的人，也不會阻止她們吃草莓。

為什麼「妳應該去量體重」就代表我在嘲笑對方胖呢？我只是想表明我的想法，為什麼會有那麼多情緒上的解讀？

太麻煩了。

跟程式語言對話的時候，大多數的指令只要夠清楚明確，絕不會有多餘的誤判，讓我陷入難以處理的境地。

我找到了適合我的世界。

既然人類的語言如此艱深，我放棄就是了。

去不去學校已經不重要了，那裡沒有我想學的知識，也沒有我想說話的人。

我只要一個人、幾本程式書、一臺電腦，這樣就夠了。

由於我不再去學校上課，我爸媽非常不高興，他們不斷告訴我，只有國中的學歷，無法在社會上生存。

事實上，他們正忙於創業，沒有太多時間管我，把我送進學校是最省事的。但是，在我解決了一個連他們公司的工程師都無法處理的程式問題以後，他們的態度緩和了許多。

偶爾，我會和他們進公司，跟著工程師一起研究新的程式，然而我還是不喜歡面對人群，我習慣解決問題，而不是討論問題。多半的時間我還是會獨自跑到安靜的地方，面對書本和電腦。

後來，爸媽公司裡的技術長，建議他們把我送進誠宜中學就讀，因為她的女兒也是這所學校的校友，後來考上了前三志願的資訊工程系，現在正在研究所深造。技術長說，好學校裡的師資和學生都是經過篩選的，不像國中的時候，公立學校裡「三教九流」的人都有，也許我就不會排斥就學。

私底下，那個技術長也來找過我：「儀心，我能和妳談談嗎？」

「我爸媽叫妳來的。」

「妳怎麼知道？」

「他們想要我回學校讀書。」

「妳為什麼不想回學校呢？」

「去學校的目的，是為了學東西，還是面對複雜的人類？」

「複雜的人類？」

「我不知道怎麼跟她們說話。」

「啊，妳爸媽有跟我說過，妳跟同學發生了一些事。」她的語氣很溫柔：「妳能跟我說說嗎？」

我沒有回答她的問題。

因為，我不知道此時我說的一切，能不能得到最基本的信任。

安靜好一段時間以後，她換了另一個問題：「因為發生某些事，所以妳覺得同學們都很複雜？」

「嗯。」

「不是所有的人都是這樣的。」

「我找到想學的東西，學校學不到；學校裡的人，太複雜，我不想跟她們一起。」

「可是，這世界上沒有絕對的好人，也沒有絕對的壞人。妳沒有遇上讓妳覺得友善的同學，不代表這個世界上沒有。」

「我不想研究人，我要學程式。」

「儀心，妳忘記了嗎？程式寫出來，最後還是會被人所用。」

「所以？」

「妳不能只會程式語言，而無法了解人類，那樣也是無法寫出好程式的。」

「公司裡有ＰＭ（ProductManager），他們會負責溝通客戶和內部，在妳底下工作的好幾個工程師，也沒有多好的表達能力。」

我只是想寫程式而已，不想做ＰＭ，甚至也不想當工程師。

大概有好幾分鐘，技術長都沒有再回應我的話，空氣裡沒有聲音，讓人感到放心，不過我還是希望她可以離開，我想一個人安安靜靜地讀書。

於是，我暫時放下手邊的書，跟她說：「我會回學校念書的，因為我不想讓我爸媽不高興。」

聽完我的話以後，技術長的臉上又有了笑容：「這所學校是我女兒的母校，師資和學生都是篩選過的，我也都跟妳爸媽說了。」

「妳可以去告訴我爸媽。然後，我現在想看書了。」

幾個月以後，我參加了升學考試，考進誠宜中學。每週一到週五放學，我都得待在這裡，與一群複雜的人類一起。

入學之前，爸媽承諾過我，如果不適應，可以再轉學到其他的地方去。

「妳對程式那麼有興趣的話，就好好的念書，之後跟技術長一樣，去念個資工系，當上工程師吧！」我爸說。

其實，我一直記不得技術長的名字，她教過我的程式語言我卻記得很清楚。

「是啊，那個時候，我和妳爸就要仰賴妳的頭腦了。」我媽說。

為什麼一定要成為工程師，才能使用程式語言呢？就不能因為喜歡程式，而只選擇使用程式語言嗎？而且，高中裡的學科也都讓我感到無趣，難不成一定要學會那些，考上大學，我才能走到程式碼的世界裡去嗎？

我不懂。

我現在明明就可以流暢地使用程式語言。

不過，我不想再讓爸媽不高興，只能回到學校裡，跟一般的高中生一樣。學校裡面的人依然複雜，我盡可能遠離，若非必要，絕不再多說話。

此後的生活，比起國中、小那時，顯得平靜許多，女生比較不會那麼直接發生衝突，而且每個人都有自己的「團體」，通常也是和熟識的人一起行動，很少人會注意到我。

我每天的生活很簡單，上課鐘響就聽課，下課之後就研究程式，我在頂樓找到一塊很安靜的空地，只要不是下雨天，我就會在不需要出現在教室的時間裡，到那裡去看書、寫程式。

我盡可能避免與複雜的人接觸的機會，宿舍對我來說單純是睡覺的地方，把一天的體力都耗盡以後，回去洗個澡，就可以躺上床睡覺。

一開始的一兩年，生活都沒有問題，至少像過去那樣因誤解而生的激烈衝突，幾乎沒有再出現過。

我沒有朋友，也不想和哪個人說話，基本上，我對於大家所熟知的「中文」已經失去信任，不使用也罷。

這樣的狀態跟我期待中的高中生活並沒有太大出入。

高二下學期末的時候，發生了一些事，我不再去原本常去的頂樓，換了另一棟大樓。

那棟樓的頂樓上，多了一個人。

後來，因為她，我有了一個朋友。

在她跟我說「我們應該可以當朋友」以後，我也動了「想要擁有一個好朋友」的念頭，但最後，因為我擁有了朋友，班上死了四個人。

在一個晚上之內。

今天可以說到這裡就好嗎？

我不喜歡用人類的語言說話，已經說了太多太多。

雖然，那都是對我自己說的。

2 唯一活下來的是我

警察問了我很多問題。

「宋玉婷和趙詩涵在案發當晚吃的咖哩飯，是妳從學生餐廳帶回來的嗎？」

「嗯。」

「妳從學生餐廳回到宿舍的路程中，有去過其他地方嗎？」

「沒有。」

「妳有把餐盒打開過嗎？」

「沒有。」

發生命案以後，我因為暈倒而被送到醫院，醒過來以後，除了我父母之外，見最多的大概就是警察了。

因為６０２寢室裡，唯一活下來的是我。

「把飯菜拿回寢室以後呢，妳去了哪？」

「圖書館。」

「去做什麼？」

「借書。」

「然後就回宿舍？」

「頂樓。」

「頂樓？妳去那裡做什麼？」

「等林君宸。」

「妳跟她約在那裡見面？」

「嗯。」

「妳是因為等不到林君宸，才回到宿舍的嗎？」

「嗯。」

「然後？」

「她們都死了。」

那天本來先要去圖書館的，走到一半才發現忘了帶借書證，又回到宿舍去拿。後來，是趙詩涵的要求，我又去了一趟餐廳，拿了兩份餐盒回去。

食物放下後我就離開了，因為趙詩涵和宋玉婷正鬧得不可開交，我想要安靜，就按原本計畫的，去圖書館借書了。

放學時我約過林君宸去頂樓，但她說很累，想回宿舍小睡一下再去，我才會決定先去圖書館。不知道她看到一團亂的宿舍後，會不會打消要補眠的念頭？但我先前回到宿舍的時候，一直都沒有看到她。

我那時沒多想，以為她大概突然想起什麼事沒做，所以還沒回到宿舍。所以，我借完書就上頂樓等她了。

等到七點多，林君宸都還沒出現，我就回宿舍找她，接著，便看見所有的室友都死在房間裡面了，包括林君宸。

「聽其他同學說，先前趙詩涵的東西失竊，是在妳的鉛筆盒裡找到的？」

「嗯。」

「但妳說東西不是妳偷的？」

「嗯。」

「這個事件，有讓妳覺得被誤會，而討厭趙詩涵嗎？」

「沒有。」

「可是，全班有一半以上的同學都認定是妳做的，妳不會覺得委屈嗎？」

「不會。」

「為什麼？」

「我沒有偷東西。」

我不喜歡說話。

除了程式語言，一切人類語言都複雜得難以理解。

比如說，當一個女孩問妳：「妳是不是覺得我很胖？」這個問題的答案並不是有選擇性的，接受問題的人不能依自身觀察而決定回答是或否，因為，問問題的人已經限定好她想聽到的答案：沒有，她沒有變胖。

以及，如果對話是關於午餐的選擇，當妳聽到對方說：「隨便，我都可以。」代表的並不是妳可以選擇自己喜歡的餐廳，而是妳應該要試著去猜對方喜歡吃的是什麼。否則，妳的提議，對方都不會覺得滿意。

上述都是林君宸告訴我的。

至於警察問我的話呢，他們還有什麼用意？

如果林君宸還在，就可以幫我「翻譯」吧，畢竟她是用人類語言寫故事的人，她一定聽得懂那些複雜的……暗喻，是這個詞吧？

但是，她已經不在了。

我只能靠我自己，盡快結束這些煩人的對話。

「偷東西那件事，和命案沒有關係。」

「我們只是想確認妳們五個女孩之間的關係。」

「為什麼要確認？」

「我們想查出凶手是誰。」

「我知道了，你們懷疑我。」

「如果妳因為偷竊事件對趙詩涵心生怨恨，那也不是沒有可能。」

「那我為什麼要殺宋玉婷？」

「我們只是合理懷疑。因為那天除了兩個死者，就只有妳碰過餐盒。」

「宋玉婷和趙詩涵鬧得很大，她也有可能想殺趙詩涵。」

「這個我們知道，宋玉婷認為是趙詩涵把她跟謝老師交往的事情說出去的。」

「我沒有殺人。」

「我們現在還沒法確認下毒的人是誰。但是其他部分，根據驗屍報告，林君宸是被張怡慧以水果刀殺害的，而且，趙詩涵脖子上的勒痕，也是張怡慧做的。妳知道過往張怡慧和她們有什麼不愉快嗎？」

「我不知道。」

「張怡慧平常在宿舍裡和她們的互動怎麼樣？」

「趙詩涵常有東西給她吃，林君宸不太和她說話。」

「同學們說，妳和林君宸是……朋友。」

「嗯。」

「她曾經和妳提起過張怡慧的事嗎？」

「沒有。我想休息。」

「陳同學，妳是案發現場唯一的證人，我們希望妳可以多說一點，才可以趕快釐清案情。」

「我都回答了。」

「妳沒有其他想說的嗎？」

「沒有，我不喜歡說話。」

「……好吧，之後如果有需要，我們會再來找妳。」

我拿起我的書，只有在程式碼的世界裡，我才能感到平靜。指令、執行、除錯，沒有多餘的「隱喻」。

不知道為什麼，這幾天書讀著讀著，我總會想起那個人。

林君宸。

3只有一個人的頂樓

根據警察們的描述，宿舍裡的命案變成了懸案。

透過驗屍報告，負責的警察只能得知，在那天晚上，宋玉婷和趙詩涵的晚餐裡，測出了毒物反應，而宋玉婷吃下去的那份，劑量遠比趙詩涵的來得高，所以她吃完沒多久以後，便毒發死亡。趙詩涵雖然中毒，但真正的死因卻是遭張怡慧勒斃。

後來，警方在宿舍後方的花臺上找到了有毒物反應的小瓶子，那個位置剛好是602寢室的正下方。小瓶子上測得宋玉婷的指紋，因此部分案情得到確認：趙詩涵阻止宋玉婷和謝老師交往，讓宋玉婷懷恨在心，並埋下殺機——自殺與殺人。

但是，張怡慧身為趙詩涵的好友，為什麼會動手勒死趙詩涵，又持刀殺害同寢室的林君宸？驗屍報告裡無法得到線索，而且，重要的「證人」們，也全數死亡，根本無從調查。

只知道死了人，但為什麼被殺，沒有人查得出來。

如同不久前，趙詩涵的飾品被偷，大家在我的鉛筆盒裡找到失物，就認定一切都是我做的。沒有人目睹犯案經過，也沒有人看見是誰把東西放在我這的，完全無法調查。

我能說的也只有，不是我偷的。

那時候，身處在質疑聲浪下的我，面對不友善且尖銳的討論聲，讓我想起過往國中、國小時，動不動就引發衝突的日子。

根據經驗，我知道無論說什麼都無法使大家安靜下來，而且，所有反抗都只會讓我得到更激烈的回擊，那樣的無助感迫使我握緊了拳頭，生起一股莫名的憤怒。

我很不喜歡憤怒的感覺，那是對於眼前的問題無力解決，才會衍生的情緒。既然能說的話只有「不是我」，其他人的反應也是我無力處理的，為避免沉溺在可怕的憤怒之中，我唯一能做的便只有回到程式書裡去。

只要使用程式語言，就不會有情緒，我也不必擔心自己會變成複雜的人類。人的問題是最難的，不是一串指令就能理解或處理的事情，我一點都不拿手。我不太明白為什麼同學要熱烈地討論我有沒有罪，這事明明與她們無關。無論我有罪與否，她們都沒有獎品可以拿，不是嗎？

其實我最初也不太懂，為什麼林君宸要在大家的面前為我說話。

不過，也因為林君宸，那些無法忍受的吵雜聲，才因此消失。

這也是與她無關的事情。

原本，我不太了解她，也無法完全信任她，因為她也是複雜的人。比如，她明明喜歡寫故事，也一直在寫，我也曾經幫她架設過量身定作的寫稿部落格，可是為什麼，除卻寫字的時間，她總要提起對趙詩涵和宋玉婷的厭惡？

既然寫作是重要的事，就應該把大部分的時間都花在這上面，如同我對各種程式的研究，不是嗎？不相關的人，盡量遠離她們就是了。

又或者，寫作的人和寫程式的人在根本上是不相同的？像國文課本上的每一個詞句，好像都要帶著複雜的情緒，才算有深度；寫程式不需要這些東西，一切都很簡單，對或是錯，沒有別的。

可是，就我的觀察，林君宸似乎極度沉溺於憤怒的情緒之中，她厭惡帶給她憤怒的人，卻又極度享受憤怒所帶來的創作力。只要越生氣，她寫字的速度就越快。

我曾經覺得她比那些複雜的人類還要複雜。

雖然我們都不喜歡身在人群之中，與我不同的是，她是打從心裡瞧不起複雜的人類，不屑與之為伍；我是覺得麻煩、擁擠而想避開他們。

只不過，從初次互動開始，林君宸對我的態度，比其他人友善得多。她能為我翻譯我聽不懂的人類語言，如果對我說的話有質疑，她會認真地試圖理解，避免產生不必要的誤解。

我很想知道她為什麼要這樣對我，但還是怕誤會所以沒問，直到偷竊事件爆發，她替我處理了吵雜的討論之後跟我說，因為我們是朋友，她無論如何都會相信我，也會幫我。

那時候我才明白，原來這就是有朋友的感覺嗎？

林君宸死掉以後，我還是會到頂樓去。

曾經覺得有一點吵的，關於她世界的不滿，以及對宋玉婷那班人的怨懟，還有像機關槍連發的鍵盤敲打聲，都在我耳邊消失了。

坐在校園中最熟悉的角落，突然覺得很困惑。

「獨處」是我最喜歡的狀態，現在反而感到些微不自在。雖然生活沒有受到特別的影響，我一樣上課、讀書、寫程式，但就覺得少了什麼。

不知不覺間，我似乎慢慢習慣有林君宸的陪伴，但如今她再也不會到這裡來了，我浮現的念頭居然不是「我終於又可以一個人了」，而是「又剩下我一個人了」。

我變得不太像原本的我，這就是擁有朋友的代價嗎？

警察查閱了同學們的通訊紀錄，發現最早把宋玉婷和謝老師的交往照發布出去的，是班上一個叫李又唯的女生。

記得林君宸和我閒談時提過，這個女生很喜歡談論是非，只要聞到「八卦的味道」，她一定是第一個衝出去的，就像聞到肉味的肉食動物一樣。

「想把什麼祕密傳出去，就盡量讓她知道吧。」林君宸當時是這樣說的。

在我把裝有照片的隨身碟交給林君宸以後，她馬上就想到可以放在李又唯的書包裡。

李又唯被抓到以後，把隨身碟交給了警察，說她也不知道是誰把那東西放進她書包裡的，只是好奇地看了看裡面的東西，發現那是可以跟大家分享的「大八卦」，就擅自把照片傳給了所有的同學。

李又唯不懂駭客程式，即便用假帳號把照片傳出，最後還是被抓到了，但是……接下來，便什麼也查不到了。警察來找我的時候，從不曾問過我與照片有關的事，無論是誰把趙詩涵與謝老師的對話截圖傳給宋玉婷，還是如何發現宋玉婷與謝老師的祕密社群帳號。

※　※　※

我沒有騙林君宸。

我說這些東西絕對不會被發現，就完全無法找到破綻。

至於，對於趙詩涵、宋玉婷和張怡慧，我沒有任何想法，討厭或是喜歡之類的，都沒有。

那僅是和我住在同一間寢室，又在同一間教室上課的女孩罷了。她們三個人的生活如何，我一點都不在意，即便花時間去了解她們，也不會讓我多學會幾種程式語言，也就是說，對我的人生一點幫助都沒有。

人類對我而言，沒有「喜歡」或者「不喜歡」的差別，只有「需要遠離」以及「不需遠離」的不同。

需要遠離的都是無法理解我的話，又有可能引發暴力行為，讓我陷入危險的人類，比如我中、小學時的同學們。

其實，生活上大部分的人，都會被我歸在這一類，因為他們都很複雜；不需遠離的大概就是我爸媽，因為至少我能信任他們，他們對我做出的大部分事情，不會造成我極度的困擾和恐懼。

後來，在「不需遠離」的分類裡面，又多了林君宸。

從小到大，我沒有討厭過什麼人，那感覺需要花很多情緒，我真的不喜歡。

所以我不太知道討厭一個人是什麼感覺，也許就像林君宸那樣花很多時間，以凶惡的臉孔談論那些人，甚至要將她們化身為筆下不幸的人物，藉此報復，才能氣消。

喜歡一個人和討厭一個人好像有點類似，以林君宸做為例子的話，這兩種人，都會在她的生活中，不斷被提起。

但是算了，我無法了解，太複雜了。

那麼，為什麼我當初要駭入宋玉婷的電腦，以及趙詩涵的通訊軟體，把她們的關係弄得一團糟呢？

因為，林君宸不喜歡她們。

她先前在頂樓上氣憤地告訴我，她不喜歡宋玉婷和趙詩涵，如果有她們兩個人的把柄那就好了。

聽完她的話以後，我在腦子裡再次分析了「朋友」的定義，以及過往林君宸曾經幫助我的事。

身為林君宸的朋友，我能為她做些什麼呢？

同時，我想起某次週日離開學校，我回到爸媽的公司，與技術長有過簡短的談話。

「妳有朋友嗎？」我問。

「當然有啦，妳爸媽雖然是老闆，但也是我的朋友。」她很快地回答我的問題，幾乎沒有思考。

「有朋友是什麼感覺？」

「有一個人跟自己站在同一陣線，為了共同目標一起努力，感覺很好。」

她之所以會這麼說，是因為她也是我爸媽最初的創業夥伴之一，而且彼此認識十多年了。

「嗯。」

「儀心，妳交到好朋友了嗎？」

「有一個人跟我說，我們可以變成好朋友。」

「那真是太好了。」技術長笑得很開心，她一定會告訴我爸媽的。然後，她又問我：「對方是怎樣的人？」

「她喜歡寫小說，我幫她架了部落格，她很高興。我們會一起在頂樓，她寫小說，我寫程式，偶爾聊天。」

「喜歡寫字的人，心思會比我們理科人細膩，妳們應該可以成為某種互補，互相照顧。」

「我沒有交過朋友，我不知道該對朋友做什麼？」我問：「妳可以告訴我嗎？」

「小孩子的友誼是最單純的，妳不用想太多，自然地跟對方相處就好了。」

「是嗎？」

我有另一個問題，但是我沒有向她提出：以前我在中學裡受到可怕的對待，是因為她們不是我的朋友嗎？那麼，人類對於不是朋友的人，是否都容易誤解，並且帶有攻擊性？

「學校沒有妳想像中可怕，妳不就交到好朋友了嗎？」

「那麼，我只需要跟她站在同一陣線，為了一個目標一起努力就好了？」

「就是這樣。」她拍拍我的肩膀，「下次回來的時候，妳再跟我聊聊和她相處得如何。」

「嗯。」

結束回憶後，我眼前的林君宸正為兩個她所不喜歡的人感到憤怒，身為朋友，我應該跟她站在同一陣線，並且為了這個共同目標而努力：找到宋玉婷和趙詩涵的「把柄」。

畢竟，林君宸也曾與我站在同一陣線過。

除了在鬧得沸沸揚揚的偷竊事件中為我解圍，事件結束之後，班上對我和她好似存在一些我無法理解的流言，比如我正在跟林君宸交往之類的，雖然我聽不太懂，也並不嚴重，但多少還是引起些許與過去類似的攻擊行為，比如在體育課故意把球丟向我，好在，這次有林君宸陪我一起，她甚至幫我擋下好幾顆「不長眼睛」的球；還有，她從來不會因為「我說錯什麼話」而給予我難堪的對待，因為她的存在，頂樓的空間變得熱鬧，而且是我不排斥的。

基於上述種種，林君宸的確幫了我很多，我應該給予回報。

林君宸現在有了明確的目標：「要是有她們的祕密或是把柄就好了」，我再次思考「把柄」是什麼？怎樣的「把柄」會讓人類害怕？

「什麼是把柄？」

「就是只要說出去，就會讓她們完蛋的祕密。」

「祕密？」

「比如她們曾經偷偷犯了校規，只要有證據，就可以讓她們受到處罰；或是她們曾經在通訊軟體上跟別人偷偷講對方的壞話，只要有截圖，她們的友誼就會受損。」她嘆了一口氣，看起來很無奈的樣子，又說：「但怎麼可能弄得到啊，我又不是駭客，所以只能寫在小說裡啊！」

突然之間，我腦海裡出現一個人影，我知道該怎麼做了。

林君宸不會使用駭客程式，但是我會，那是連我爸媽和技術長都不知道的事情。於是，我駭進趙詩涵和宋玉婷的社交軟體，得到那些「祕密」，並送給林君宸。

要不了多久，宋玉婷與趙詩涵不再是好朋友，全班也大肆討論起宋玉婷與謝老師的事情，吵雜的程度就像我當初深陷的偷盜事件一樣。

為什麼大部分的人都喜歡熱烈地討論這類明明與她們無關的事件呢？

所以，人們對於「八卦」的興趣來自於，那件事一定要與自己無關，才可以笑得置身事外。雖然好像有點明白了，但人類對我來說又變得更複雜了。

無論如何，我完成林君宸的目標了。

不過。

沒有多久以後，整個602寢室，就只剩下我一個人了。

4 警察沒有問我——之一

躺在醫院的那段時間，我問過自己，是不是做錯事情了？畢竟，如果我沒有幫忙林君宸的話，命案就不會發生了。

很多天過去，警察也問過許多問題，但直到回到家，躺在我睡了十幾年的柔軟床鋪上，命案那晚我打開門後的景象，才慢慢地重現在腦海。

先前我一直下意識地逃避回想最衝擊的當下，要求自己當作那只是某個程式程序的錯誤。

很可惜的，這一次的程序錯誤，我並沒有修復的方法。人類果然是最複雜的東西，不在我的能力範圍之內。

命案發生的那天晚上，頂樓靜悄悄的，又吹著冷風，我等了很久都沒有等到林君宸。那個時間她早該出現了，我想是睡過頭了，因為放學時她跟我說她很累，臉色也不太好。

只是，在我來頂樓之前，曾經回過宿舍，我知道那天晚上房間內不會太安靜。宋玉婷一早就因為情緒不穩定而鬧得不可開交，甚至打傷了趙詩涵，而趙詩涵卻還是要陪著宋玉婷在房間裡吃晚餐，也許，她們又會一言不合，再次吵起來吧。

離開宿舍前我曾想過，在這鬧哄哄的房間裡，林君宸怎麼睡得著？我認為她被吵到之後就會提早到頂樓來，但她非但沒早到，還遲遲不見蹤影。

她真的累到在吵鬧的房間裡睡死？

想到這裡，我突然覺得不太對，決定回到宿舍看看。

打開門後，房內傳來一陣很刺鼻的味道，接著便是刺眼的紅色，桌上、地上、床上，全都是。我最先看到的，是趴在桌上的宋玉婷，以血跡噴濺的狀態來看，桌上的血應該是從她嘴裡吐出來的。

那天她們吃下去的咖哩飯，有毒。

接下來是躺倒在桌邊的趙詩涵，她的嘴邊也有血痕，但沒有宋玉婷那麼明顯。她的舌頭是吐出來的，眼睛也瞪得很大，若不是胸前繡有她的學號，我可能沒法認出她。那表情，很可怕。

再來是跌坐在床邊的張怡慧，她在喘氣，還有氣息。

但是，林君宸呢？她不是說要睡覺，哪裡去了？我向前踏了兩步，然後看見了……

「林君宸？」

林君宸躺在自己的床上，滿身是血，腹部有好幾個血肉模糊的傷口，並且，有一把刀硬生生插在上頭。

她無法赴約不是因為她睡過頭，而是她死了。

她死了。

再沒法回答我的任何問題。

早在我第一次回到宿舍時，林君宸應該就在房內了，只是她躺在床上，又用被子遮蓋起來，我才沒有發現。

她應該在補眠的，怎麼會死呢？

為什麼會這樣呢？我把那些資料送給林君宸，是因為我想當她的朋友，與她一起為了共同目標而努力，而我也盡力完成了。

我從沒想過她會這樣血淋淋地躺在床上，再也不能說話。

原因到底是什麼？為什麼這麼複雜，又這麼可怕？

我將視線轉至一息尚存的張怡慧，她從口袋裡掏出一個小小的瓶子，像是噴劑之類的東西。

她將那小瓶送入口中之前，竟意外地掉落了。

「妳知道這裡……」我向前踏了一步，本來想跟她確認方才房間內的事。

沒想到，我踢到張怡慧的小瓶子，咔啦咔啦的聲音由大逐漸轉小，不知道到哪去了。

張怡慧無法回答我的問題，喘氣聲越發轉小，似乎，也快要和其他三個人一樣了。

到底為什麼會這樣？

為什麼？這個問題在我腦海裡盤旋了一段時間，直到，602寢室的所有室友，僅存我一個人活著。

答案到底是什麼呢？

光憑我一個人，是沒有辦法理解的了。

我走出寢室，因為種種問題無法解答，加上室內一片血紅，引發強烈的恐懼感，最後，只能以僅有的方式向四周求援：「啊——救命啊！」

尖叫聲引來人潮，當我向其他寢室的人傳達602寢室裡死了人的消息之後，我的記憶便斷了線，再想不起之後的事情。醫生和我爸媽都說，我是因為恐懼過度才會昏倒。

既然一切都那麼複雜，那就照他們說的好了。

經歷過這次事件以後，我覺得記憶斷線也是挺好的，至少暫時不必再去解讀那些我一輩子都不可能懂的事情。

人類。

5 警察沒有問我——之二

思考宋玉婷的「把柄」時，我最先想起的是另一個人。

他在我腦海裡留下「很噁心」的記憶，在學校裡的人類中，「必須遠離」的分類裡，他絕對會被我排在最前頭。

我和林君宸是在教學大樓的頂樓遇見的，但我不是一開始就往那個頂樓跑的。

在高二下學期之前，我去的都是理科教室的大樓頂樓，原因很簡單，因為這棟樓的人煙比教學大樓更少，除非是理化課需要實驗，否則大家不太會使用到這棟樓的教室。

而我，習慣往人少的地方走。

我媽總跟我說沒有人的地方危險，我還是覺得人多的地方更危險。

高二下學期的某一天，我拿著學餐的晚餐和幾本新買的程式書，放學以後就依著熟悉的路線爬上頂樓。頂樓堆著幾個大小不一的木箱，我選了大小各一個，做為書桌和椅子，尺寸剛好。

就算天黑了也沒關係，學校連頂樓都有加裝日光燈，除非下雨那就真的沒辦法了，要移動到圖書館或自修室。

那天原本沒什麼特別的地方，就是選的書難度高了些，還需要其他基礎書籍做為輔助，才有辦法完全理解。我也不知道自己讀了多久的書，但陽光還沒有消失，應該還不晚吧。

突然，頂樓的門被推開了。

「啊，悶死了。」身後傳來男人的聲音。

學校裡不會有男學生，走進來的一定是男老師。

我坐在離大門有點距離的位置，中間又有木箱遮擋，所以他沒有發現我。他用腳推上大門後，從褲子口袋裡取出一包菸，點燃，很大口地抽了起來。

是謝新學老師。

我收起筆、闔上書本，想離開這個地方，又覺得為難。

如果我現在走過去，他就在門口，一定會看見我，可是我不想跟他說話，尤其是這種單獨面對面，讓人煩躁的對話場景。

於是我想，就先躲在木箱後面吧，等他離開再下樓。

只是，我拿起書本時，沒把鉛筆盒拿好，因此掉落地面，發出聲響。

「誰在那裡？」他發現了我，同時把菸丟在地上踩熄。

既然被發現了，我也只能把東西收拾好，打算快速離開這個地方。

「是陳儀心啊？」看著我，他笑了。

「我走了。」

我沒抬起頭看他，就往大門走去，被他攔了下來。

他輕輕握住我的手臂，很不舒服。

我往後退了兩步，避開他的碰觸。

「看到老師怎麼沒有問好？」他還是笑著。

「謝老師。」

「嗯，放學了，妳上來這裡幹麼？」

「看書。」

「頂樓怎麼會是看書的好地方？」他沒經過我的同意，就拿走了我手裡的書，隨意翻看起來：「怎麼都是程式語法書，妳對程式有興趣嗎？」

「嗯。」我說：「請把書還給我。」

他把書放回我的手裡，因為距離靠近了，他又搭上我的肩膀：「妳怎麼沒有告訴我，妳對程式有興趣？那麼之前的科展，我們就多了一個研究主題了。」

「我不想做科展。」我推開他的手。

「欸，儀心，妳不要怕啦，我又沒有要罵妳。」他收回手，但沒有與我拉開距離的意思：「我很喜歡擁有研究目標的同學啊，妳在班上都不太講話，我都不知道妳對程式有興趣，這樣很可惜耶，申請大學的時候就少了一個成果加分機會了。」

「我要回去了。」

他所有的碰觸和靠近都讓我感到極度不適，我推開大門，踏出步伐準備離開，又馬上被他一把拉回。

「等一下呀，我話還沒說完。」

「我要回去了。」我的音量比剛才大了一些。

「妳剛剛沒有看到什麼吧？」

「什麼？」

他指了指地上的菸蒂。

「你抽菸？」

「妳沒看見，對吧？」

「你想說什麼？」我明明就看見了，怎麼會一直說我沒看見？

「如果妳沒有看見的話，以後歡迎隨時來找我討論程式，我也有一點點研究喔！」

「我要回去了！」這一次我是用吼的。

他鬆開了抵住大門的手，我使勁地推開大門，快步地離開那讓人窒息的空間。

從那一天開始，我再也沒有去過理科教室的頂樓。

謝老師私底下還找過我幾次，想詢問我程式的學習程度。我不懂他為什麼說個話會需要那麼多動作，而且都會觸及到我，他說那是出於友善，我感覺不到。

除了我爸媽，一般人碰觸到我，我的皮膚就會像被一百萬隻螞蟻爬過一樣，又痛又不舒服。每當我拒絕，我總會被當成「不友善」的人，認為我的反應太過於誇張。

唯一把我的話放在心上的，只有林君宸。

在我終於忍不住又需要一個人獨處，屏除不必要的吵雜聲時，我改去了教學大樓的頂樓。

我在那裡遇見林君宸。

我原本還有些害怕，好在她和其他人不太一樣。

她雖然複雜，但不會令人恐懼。

後來，謝老師私下再找我，我都直接轉身躲開；即便他請其他女同學來找我，我也不理會。雖然我有點擔心，這會不會又引發什麼誤會，使我遭受到可怕的攻擊。

好險，沒有。

下課後本來就有很多同學圍繞著謝老師，幾個禮拜之後，他找了其他幾個女同學跟他一起做實驗，就不再來找我了。

幾次放學之後我曾經撞見他和她們利用空教室討論研究內容，他一樣會去碰觸其他的女同學，勾肩搭背、拉拉手什麼的，甚至會用很近的距離，頭挨著頭和女同學討論書本上的東西，而那些女同學也習以為常的樣子。

人類對於碰觸與距離，都沒有底線的嗎？

算了，複雜的事情，不關我的事。

科展結束後沒多久，某天放學我在走廊上遇到英文老師，她說要趕去幫高三學生上課後輔導，希望我能幫她去影印室拿前不久送印的考卷，我答應了。

影印室的位置很遠，在游泳池旁邊，那時候剛好有一班上完游泳課的同學從游泳池正門湧出來，為了躲開人潮，我繞到泳池後方，想等人變少以後再走過去。

接著，離我大約十多公尺的大樹下，我看見兩個人擁抱在一起。

是謝老師和宋玉婷。

過了一會，他們的頭越來越靠近，接著，親吻了彼此。

我立刻轉身離開，也沒有把這件事告訴別人。直到林君宸和我解釋完「把柄」的意義以後，我想起了那個畫面。

那便是宋玉婷的把柄。

6 其實我也是複雜的人類

在家靜養一段時間後，準備回到學校上課的那一天，我問過我自己，如果我做的這些事，是一個失敗的程式，而程式錯誤的代價是所有相關的人都會死，那麼，我是不是不應該成為唯一活下來的人？

無論我怎麼想，都無法確認這個問題的答案。

於是，我撰寫了一個最基本也最簡單的骰子程式，如果抽出來的是單數，我便去自殺，做為我讓程式錯誤的代價；若是雙數，我便回到學校，繼續案發以前的生活。

我用唯一拿手的程式，選出最好的答案。

六。

是我擲出來的點數。

於是，我回到學校，繼續讀我的書、考我的試，在距離案發時間的半年以後，考上了國立大學的電機系。在那裡，每天每夜都與我最熱愛的程式碼為伍。

並且，在我幫我爸媽成功撰寫出足以申請專利，而且是連技術長都寫不出的程式以後，我正式成為他們公司裡的高級顧問。但我跟我爸媽說，我只負責解決程式問題，不跟人說話。

只不過，無論經過多久，我還是會時不時的想起，當初誠宜高中602寢室案發當時的景象，以及，最重要的，倒在一片血跡之中的林君宸。這些歷歷在目的畫面，偶爾會影響我研讀時的專注力。

當時班上盛傳我和林君宸「在一起」的流言，林君宸非常生氣，而我並不理解「在一起」的定義，即便她問我喜不喜歡她，我仍是一知半解。讓我意外的是，對於文字相當熟練的她，居然也無法解釋「喜歡」的真正意涵。最終，我們討論出的結論是：如果還希望待在彼此身邊，那就這樣下去吧。

在她無法繼續待在我身邊以後，我還是不知道什麼是「喜歡」和「在一起」，但我好像學會了一個新的字眼：寂寞。想起林君宸的時候，就是那種感覺。

我的生活還在繼續。

偶然的夜裡，我回想起自己當初為什麼會擲出雙數，選擇活下來。照文科生熟悉的「怪力亂神」說法，一定是我對那些「複雜的事情」還不夠了解，所以我必須留在這個世界上，好好地去「領受」這個課題。

唯一能夠確認的只有，那些「複雜的事情」，從來不讓人感到舒坦。

其他證人

誠宜高中的流言

勸世良言總是這麼說：
生命是獨一無二的，千萬別看輕自己的價值。
因此每個人都很努力地在世上發光發熱，
即便再小的螺絲釘，也有它的用處。
是的，生命如此特別、無法複製，
卻不是不可取代的。
她或他或你或我消失了，世界仍一如往常，
從沒有一天停止運轉過。

校長　阮秀芬

名聲，無論對於個人、企業、學校，都是最為重要的事情。

誠宜高中自從創校以來，就維持最高的校譽：比公立學校更好的升學率、嚴謹的教育方針、菁英校友遍及各大行業，幾乎沒有負面傳言。我也經常在校內對所有人耳提面命，身為誠宜的一分子，就該以維持校譽為最高原則。

在我預備退休的前幾年，發生了創校以來的最大危機，先是傳出宋玉婷與謝新學老師的不倫師生戀，而後延伸至602寢室的殺人案件。

至今警方仍無法釐清案情的整體脈絡，雖然知道行凶人是宋玉婷、張怡慧兩人，原因是「四個女孩之間的糾紛」，除卻宋玉婷認為趙詩涵洩漏她師生戀的祕密而生恨之外，沒人能說得清張怡慧的動機。

在趙詩涵過世之後，她的父親原為學校最大股東，立即退出股東會，斷絕對於誠宜中學的所有金援與政商支援，引發一波財務危機。新聞媒體的連番追問、家長們的厲聲質疑，連帶也影響到下一學年度的招生。

誠宜高中，從眾所周知的「私立貴族女中」，一夕之間成為人人聞之色變的「教育死角」。身為一校之長的我，更因為督導不周，在退休前夕，個人名譽也受到波及。

我迅速開除與案件有關的職員，包括化學老師謝新學、三年C班班導師王玉真、案發當晚職班舍監……等。此外，教務主任利用媒體人脈壓下新聞報導的頻率，並盡量模糊「師生戀」那樣敏感的字眼。人事部亦力邀新的股東加入，並在新的學年度只聘用女老師，減少「危機」再次發生的可能性。同時，封鎖曾為命案現場的宿舍房間，並禁止學生公開談論與案件有關的流言……

所幸，人們對於新聞案件的熱度終有時效性。

在校內所有人的努力，以及時間的沖刷之下，命案的關注度逐漸降低。

私立學校最重要的仍是升學率，在後續的兩年，誠宜中學畢業生考取前段公立大學的錄取率並無受到太大影響，人們也漸漸淡忘當初的兩起事件，誠宜中學終究在明星高中的名單內占有一席之地。

而我得以順利退休，得到我應有的福利與名譽，這是最重要的事情。

三年C班導師　王玉真

人們總是對教職有無謂的想像，實際上我們與一般上班族沒有多大不同，也都期望能「無驚無險，又到五點」，盡量大事化小、小事化無。期許可以在這行闖出點什麼，成就教育改革的大業，多半都是菜鳥會有的心態。對已入行十多年的我來說，學生的表現固然重要，畢竟那是考績的最大憑據，但不外乎都是為了每月匯入帳戶的數字。不再年輕以後，所有熱情都是假的，只有利益才是真的。

兩年多前，輪到我帶新一批的新生，看到新生名單之後我就開始頭痛了。雖然知道學生非富即貴，但還是沒有人喜歡接到「ＶＩＰ中的ＶＩＰ」，對貴賓來說是種享受，像我們這些服務貴賓的人，就是找罪受。所以當我的班級名單上出現「趙詩涵」這個名字，就等於預告未來的三年都得戰戰兢兢地過。

因為這個超級ＶＩＰ的存在，我的班級成為校方關注的焦點，雖然都說要對所有學生一視同仁，但又有誰不會屈服在趙詩涵那校董父親的權威之下？雖然趙詩涵沒有一般千金大小姐的驕矜與壞脾氣，成績很好、個性也溫和，不是讓人頭痛的學生，只不過她和所有的富人一樣，喜歡拿「施捨」做為經營人脈的手段之一。

原本這也不是什麼大事，畢竟趙詩涵是呼風喚雨的大企業家教育出來的，她自然有冠冕堂皇的理由包裝她的行為，所以接受她的人會認為那是在「分享」而不是「炫富」。只要不做得太過分，引起校方注意，我都可以睜隻眼閉隻眼，畢竟我也想平靜度日。

以至於發生竊盜事件時，我覺得犯事的同學實在愚蠢，明明知道趙詩涵是狠角色，還偏要去招惹惹不起的人，並讓我也要處理一大堆麻煩？當班長在陳儀心的鉛筆盒裡找到失物，事件看似告一段落，趙詩涵卻要我不要嚴懲陳儀心，原因是證據不足。

我大概知道趙詩涵安的是什麼心眼，對她來說那一兩樣飾品丟了也無需心疼，畢竟她買得起更好的，但若能藉此為自己再加一分好名聲，何樂而不為呢？反正，我也不想讓這事件鬧得人盡皆知，害我被校長約談，就遂了趙詩涵的心願。

而後，我聽說班上好像集體開始排擠陳儀心，以及當時幫她說話的林君宸。這兩個學生沒有特殊背景，平日裡又不好好維繫同儕之間的情誼，導致被人陷害、失去眾人的信任，那也是在所難免的事情。我能做的也只有善盡班導師的職責，提醒同學看待事情不可太武斷，但她們要怎麼想，不是我能控制的。我想陳儀心和林君宸也該明白，人情冷暖不會在成年之後才出現，及早面對並學會挽回眾人的心，那未曾不是一種成長。

我盡量不讓班上出現「大事」，以避免被校方關注，影響考績，然而，那個從來沒讓我煩惱過的資優生宋玉婷，竟鬧出個大風波，殺得我措手不及。

師生戀的消息爆出時，我是第一批被學校「開刀」的，罪名是「督導不周」。當下真是有種啞巴吃黃連，有苦說不出的感覺，我雖然是三年C班的班導師，但我不是二十四小時隨時跟在學生身邊的保母，我怎麼可能對每個學生放學後發生的一切都瞭若指掌？更何況，宋玉婷成績、素行一向良好，本來就不在特別的觀察名單之內。

原本我應只是記過處分的，但在師生戀的消息爆發後，馬上又發生了宿舍命案，各種壓力排山倒海而來，校方為了止血，立即終止了我的聘期，就只到該學期結束。

對於公立學校的教師而言，這個職位等於可以捧上一輩子的「鐵飯碗」，只要不犯下什麼難以處理的大錯，幾乎可以安穩地過到退休。

私立學校的教師，就沒有那麼容易了。

除了各種福利比不上公立學校之外，合約是採一年一聘，你只要有讓學校看不過眼的地方，才剛坐上的位置，隨時都會被人取而代之。儘管你犯的是些小事，或是根本與你無關的錯誤。

離開學校之後，我沒打算繼續從事教職，原本我也是因為考不上公立學校的聯合教師甄試，才會到誠宜中學去教書的。我在一般公司裡找了文案的工作，每天要做的事情比教書來得簡單，因為老闆在乎的，只有你有沒有準時完成工作、內容有沒有達到要求，無需要為客戶的私德負上任何責任。

這世界上只有一份工作，當客戶的道德與人格出現瑕疵的時候，你必須要負上全責，那同時也是考績的一部分——教書。

太累了，我不想為了別人的人生負責，也不想因為誰毀了自己的人生，連帶波及到我。我真的只想過著「無驚無險，又到五點」的生活。

現在這樣就是最好的了。

三年C班班長 吳敏芳

如果是和當初命案有關的事，可以不要問我嗎？

趙詩涵和我不是特別好的朋友，其他三個人我也不是很熟，當時會在偷竊事件時幫趙詩涵做那些事，只因為我是班長，不能坐視不理。其他的都和我沒關係，我也不想捲入是非裡面。

更何況，已經有一大票的人，在命案發生以後，受到嚴重影響，卻得不到該有的賠償。

高中的記憶不是被公認為長大以後最值得回味的記憶嗎？不過，我想大多數誠宜高中三年C班的畢業同學，都不太樂於回想那段歲月最後發生的事情。

你想想看，若是在你畢業的前半年，班上有四個同學死了，原本平靜的高中生活開始充滿恐懼，各種流言四起、鬼故事瘋傳、媒體追逐、學校更嚴格的管理，然後，再過不久就要大考，你心情好得起來嗎？你能好好用功嗎？你還想回想那段歲月嗎？

而且，那個時候連整個三年C班，都差點被學校毀掉。

怎樣，不相信嗎？為什麼要用那種懷疑的眼神看我？那麼，就說到這吧，本來我就說了，我不想回答跟命案有關的事情，而且你沒有親身經歷過，才會有那樣的反應，就算說了你也不會懂。

抱歉？也沒什麼好抱歉的，該抱歉的人也沒跟我們抱歉過。

那時候，班導師被學校以「督導不周」為由解雇，校長原本還想打散整個三年C班，併入其他六個班級之中，說是要盡量減低被命案受到的影響，讓大家可以專心念書。

誰都知道學校真正的目的，不過就是怕麻煩。

事實上，在事件發生以後，整班的同學就像難民一樣，總會招來異樣的眼光，無論是老師或是其他班的人，都難免用一種莫名詭異的眼光看著我們，想討論八卦的也好，同情的耳語也好。

教室裡那四個空置的座位，也一天比一天更顯得突兀。

所以，只要將三年C班拆班，發生命案的三年C班就不存在了。

但是，剩下的三十幾位同學，我們沒做錯什麼，也一起相處兩年多了，為什麼就該被當成難民，流竄各處呢？學校又憑什麼保證，換到新的班級以後，我們都能融入新環境，重新把注意力轉回課業之中？在大考即將到來的幾個月之前？

班上的同學大多反對，而我也是其中之一，大家繳的是一樣的學費，為什麼我們就該面臨被拆班的命運？

當時，我帶著大家合力寫抗議信給校長、主任、家長會及股東會，主要訴求便是「三年C班不能被消失」。

學校原本還是十分強硬，甚至已經做好了分班名冊，要我們在高三下學期開始就加入新的班級。

最後是家長們都看不下去了，包括我的父母，他們認為命案已經有四位犧牲者了，其他的同學不應再無辜受害。所以，大家集結起來和學校談判，要求保留原本的三年C班。來回好幾次以後，學校才終於妥協，卻又和我們約法三章，要求無論在校內或校外，都要「避免」談及和命案相關的事情。

三年C班總算安全被保留下來了，不過，該被影響的，早就已經受到影響了。其中最重要的，大概就是「信任」吧，因為就連張怡慧那樣單純的「傻妞」，都會成為命案凶手之一，那麼，在我們三十幾個人之中，是否也存在著包藏禍心的人呢？

大家雖然拚命保證彼此都是三年C班的一分子，要好好珍惜在畢業之前能相處的最後時光，但我怎麼看，都有種刻意為之的感覺。

然後，為了要表現「同仇敵愾」的患難默契，大家把目標放在已經死去的宋玉婷身上，要不是她搞出難堪的師生戀，並且非要誤會趙詩涵是告密者，還動了殺人的念頭，那麼，大家都還能過著與往日一樣平凡的高中生活。

至於張怡慧，我們討論出來的結果是，因為她非常膽小，看到室內怵目驚心的景象，被恐懼吞噬了心志，開始懷疑宿舍裡所有人都要害死她，為了自我保護，才會錯殺其他人。

我們用這些說法，來讓自己好過一些，畢竟在事實上，我們也是受害者。

你說後來的大考嗎？當然表現得不如預期，學測之後，我沒申請到理想的學校，之後的指考也是差強人意，原本我的目標是考上T大商學院或法學院，最後的分數只能讓我上文學院，不過總算是考上了T大，就算了。但我說真的，要是命案沒有發生的話，我一定能考上原本的第一志願的。

已經夠多了吧，過去的事情都已經發生，說再多也沒有用了，你要是再繼續問下去的話，會影響我等下上課的心情的，而且下一堂是大刀的必修課。

那就這樣了，我要去上課了。

三年C班學生　林雅如

原本，我以為謝老師是喜歡我的。

這句話在當時不小心講出來的話，我應該會被笑花痴或是死三八，因為喜歡謝老師的人太多了。

如果他不教書的話，去做藝人也沒問題，他的臉型和身材比例幾乎就是為了上鏡頭而生的，只能用「完美」兩個字來形容。在韓系雜誌上常見的男裝模特兒，大概就是他所屬的類型。

與學校其他要麼禿頭要麼肥肚的男老師比起來，謝老師是完全的「異類」。他上課也很有趣，總會在其他課忍不住「度姑」的我，在化學課時總是精神滿滿。為什麼明明就是無聊的化學式，他都可以用那麼有趣的比喻和說明方式呢？笑著笑著，我居然就把那些必考的重點給記住了。

此外，他也會用小組競賽的方式讓我們做實驗，氣氛一點都不緊繃，很像是參加綜藝節目，笑聲不斷，大家也會很努力的拿到冠軍，因為冠軍的獎品常常是——在週末假日的時候跟他一起吃飯。

很多女同學都用追求偶像的方式在 follow 謝老師，而我也是。

我當然也知道，偶像是只能遠觀而不能靠近的，像謝老師這樣的「潮男」，不可能看上我，畢竟我沒有趙詩涵那麼漂亮，成績也完全比不上宋玉婷，根本沒有哪一點會讓他注意到我啊。所以，我能做的也只有在課堂比賽上努力拿到冠軍，如果可以跟他一起吃飯，就可以用比在教室裡更近的距離欣賞他，並且和他聊天了。

不過，既然我這麼不起眼，為什麼他會注意到放學後一個人留在教室裡讀科幻小說的我，還熱烈地與我討論起來？

那一陣子，我莫名迷上喪屍題材，從小說、漫畫、電影到電視劇，我看了很多，甚至還玩了不少相關的電玩，熱中的程度到我開始會幻想，如果現實世界中真的爆發喪屍病毒會怎樣？

一般老師看到我們讀課外書籍，特別是這種對課業沒有幫助的「閒書」，都會叨念幾句，要我們好好用功之類的。沒想到謝老師發現之後，非但沒有指責我，還和我推薦了許多不同的作品。

「我也很喜歡喪屍題材。」他的笑容幾乎要讓我融化，既溫柔又有王子氣勢。

「我沒想到你也喜歡這類型欸，老師。」我看著他的眼睛，捨不得轉移視線：「我還以為你會覺得這些有違科學原則，不夠真實。」

「科學沒法解釋的事情不代表不真實，只是現今的技術還沒有辦法觸及，只好說它不存在。」

「啊，我也是這樣想的欸。」

話題就這樣展開了。

對於我的想法，無論有多天馬行空，謝老師都會很認真地回應我，也會和我分享他的想法。他說，只要我發現有趣的作品，隨時都可以找他討論，我也就常常往理科辦公室跑。

過沒多久，有一部新的喪屍電影上映，他邀請我去看。

當我知道他只邀請我一個人的時候，我嚇了一跳，這種好運怎麼可能輪到我啊？心情激動的我，馬上就答應了。

那是我第一次跟男生單獨出去，而且是在電影院。

恐怖片嘛，一定會有很多嚇人的聲光效果，還有噴血以及被肢解的屍塊什麼的，雖然我看過很多類似作品了，但駭人的場景一出現，還是難免被嚇到發出尖叫聲。每當這個時候，謝老師都會握住我的手，輕聲在我耳邊說：「不要怕，我在這裡。」

這是出於男生對於女生的保護，還是……其實謝老師也有點喜歡我呢？

我們之間拉近的距離，到離開電影院後，還是保持不變。他很親暱地攬著我的肩膀，一邊與我討論劇情，就像……男朋友。

男朋友？

不是吧，是我想太多了吧？不過跟老師看了一場電影而已，哪會有偶像劇式的神展開啊！說不定老師還覺得我很煩呢，看這種程度的恐怖片就大呼小叫成這樣，還要他花時間安撫，早知道就不約我出來了！

可是，在老師送我去車站時，我支支吾吾了半天，還是忍不住問了：「老師……我們這樣算是在約會嗎？」

他沒有露出困惑的表情，反而笑了起來。

怎麼了？他是要跟我說，我想太多了？天啊，如果是這樣的話該怎麼辦，超丟臉的。

當時真的很想找個地洞鑽了。

沒想到，他對我伸出了右手的小指，對我眨了眨眼：「這是我們的祕密，好嗎？」

我馬上看懂他的意思，心跳和點頭的頻率都跟失控的馬達一樣，我連忙伸出了顫抖的手指，勾上他的小指，興奮地回應：「好！」

在之後無數個晚上，我在夢裡總會夢到許多「香豔刺激」的畫面，都是關於我和謝老師的。從一起牽手、擁抱、親吻，一直到……十八禁的事情。

我幾乎忘了讓我感到興趣的喪屍，滿腦子都是謝老師。

後來，那些「兒童不宜」的畫面裡，我的臉怎麼都不見了，反而變成宋玉婷的了？

當宋玉婷和謝老師的親密照在班上群組瘋傳的那個半夜，我蒙在棉被裡，兩種複雜的情緒在我心中來回盤旋：第一種是嫉妒，原來謝老師還是喜歡像宋玉婷那樣優秀的人啊，他根本就在騙我啊，什麼狗屁約會？什麼小祕密？我果然一點都不起眼；另一種是慶幸，好險不是我，如果是我和謝老師在一起的話，那麼現在大家瘋狂討論、嘲笑、辱罵的對象，就是我了。我又沒什麼比得上宋玉婷的優點，大家會罵我罵得更凶的。

接著，我一定會被退學，回家被爸媽打死。

好險不是我。

結果，師生戀才一爆發，當晚就出了命案。

宋玉婷死了，和她同間寢室的其他三個人也死了，雖然我搞不清楚她們私底下有多少過節，因為我平常跟她們沒什麼交集，但是，我又更加確定了我的想法是對的：好險不是我。

否則，無論這個世界有沒有爆發喪屍病毒，我都會在十八歲的時候死去。

而那個要命的祕密，在我還活著的時候，我是絕對不會說出去的。

化學老師　謝新學

欸？我的打火機呢？早上不是才買新的，怎麼就不見了？哦，找到了，原來在口袋裡。

呼，雖然傷害身體，但菸果然是最舒壓的東西了，我已經不在學校裡教書，抽個菸不必再躲躲藏藏了。

當初會去教書，大概有兩個最簡單的理由，其中一個原因是我不想在家裡的公司上班，每天跑工地把自己弄得髒不拉嘰的，我才不要那麼狼狽。還好我不是長子，所以爸媽只會去煩大哥，不太會管我；第二個原因是和朋友喝酒後的無聊話題提起的，如果想要每天都有年輕妹子可以看，那就去女中教書吧，一間學校有幾百個十幾歲的女孩，總會有幾個正的吧，機率比街上盲選高太多了。

第二天酒醒以後，我刷新聞的時候便看見知名度很高的誠宜高中正準備舉辦理化科教師甄選，而我本來就是師範大學化學系畢業的，也有教師證，就抱著姑且一試的心情報名，居然順利考上了。

我也不知道這是哪裡來的運氣，畢竟我只有在大學時當過幾個月的家教，還有畢業後在實習的學校上過幾堂課，沒想到在誠宜高中教師甄選過程中，我居然能成功地從筆試、面試、試教一路過關斬將，成為當時唯一錄取的理化科老師。

後來我才發現，我真的有點教書的天分。不過就簡單設計的教學法，沒花我多少時間準備，卻總是能受到學生歡迎，考試的成果也一向不錯，並且，達到了我最初的期待：總有一群將熟未熟的少女圍繞著我。

我確實和一些女孩走得特別近，也約過幾個私底下吃飯、看電影什麼的。身為一個教師，也許這樣的作為會讓私德出現些瑕疵，但說我是禽獸就有點過分了，我沒和她們發生什麼事情啊。如果是一般的男人，這也不過就是把把妹子、揩點小油，極為稀鬆平常的日常，不是嗎？

我自認沒有喜歡過大部分刻意靠近我的女學生，也很清楚底線在哪，勾勾手、碰碰肩膀就算了。

除了宋玉婷，不能否認，我犯了身為教師絕對不能犯的錯。我真的喜歡過她。

感覺這種東西很難說得清楚，在那個時候，我覺得和她是某種共生關係，類似於小丑魚和海葵。

遇到她以前，我老有種不被需要的感覺。

從小爸媽都是關注大哥跟老姊，對他們寄予厚望，對我的管教說是自由，不如就是放任吧，即便我事情做不好也沒關係，大哥跟老姊夠優秀，就不會讓家裡丟臉了。

長大後交了女友，好像也沒什麼不同，她們跟我要禮物、要去哪間高級餐廳吃飯、要我當司機接送，我都有種不是非我不可的感覺，她們的人生並沒有因為我的出現，而有了除卻物質以外的升值。

然而我看見了，宋玉婷跟我一起之後，出現她過往不曾有過的笑容，單純的、開懷的。只要有我在，笑容就不會消失，那是因我而生的笑容。

她生在衝突不斷的家庭，長期浸泡在因被忽視而湧生的寂寞之中，她自認沒有人了解，也沒有人真正在乎，而我的出現，把慘遭滅頂的她從一灘死水裡拉了出來。

她是這樣告訴我的。

她依賴我，並且百分之百信任我。平日在班上總是神情冰冷、看似早熟的她，在我面前，居然也會出現她那個年紀該有的單純與天真。

我終於覺得自己是被需要的。

不過，我們的關係不知道能維持多久，畢竟，宋玉婷終是會長大的，等到她看過更大的世界以後，也許就覺得依賴我是很可笑的。又或者，總有一天我也會改變，我會覺得她的依賴是一種束縛，轉而去追求其他女人。

宋玉婷會跟我談未來，而我會給予符合她期待的答案，自己卻不敢有任何想像。宋玉婷還不知道感情是人生之中變數最多的事，而我知道。

變數來得措手不及。

因為疏忽，宋玉婷與我的對話紀錄被趙詩涵發現了。

在誠宜高中，趙詩涵是個誰也惹不起的人，先不說她在校內是怎麼樣才貌兼備的風雲人物，而是她的家世背景——那個能呼風喚雨的企業家父親。

我不清楚趙詩涵是基於什麼原因，要求我和宋玉婷分手，但絕對不是她字面上「擔心好友」那麼簡單，否則，身為宋玉婷的好友，她為什麼不先跟宋玉婷談過之後再做決定，反而直接找上我？

那時候，我才知道，這個女孩的城府之深，根本不是傳言說的「活在童話裡的公主」。好在，過去因為她的身分，我一直都跟她保持著「安全距離」，沒有特別的私下往來。畢竟，無論她單純善良與否，誰得罪了她，她只要跟她爸爸交代一句話，便能把那個人趕出校園。

面對趙詩涵的要求，我第一個想到的確實是擔心自己會因此丟掉工作。如果是教學成效不彰而不再續聘那也就算了，學校裡大部分被解職的老師大多也是基於這個理由；但若是因為師生戀這種被認為「悖德」的大事，會引發很大的後續效應，甚至鬧上新聞。

過往占占女學生的便宜、揩點油，我可以說自己只是為了要保持友善，沒有拿捏好和女學生之間的分寸，道個歉便是，問題也不那麼大。然而，與宋玉婷交往的證據確鑿，隨便一則對話紀錄都可以把事件渲染得更大。

那時我只能配合趙詩涵的要求。

「快要考試了，妳應該要用功讀書，我們先保持一些距離吧，這樣對妳我都好。」

「什麼？」

「我是說，私下聯絡那些的，都先不要了。」

「為什麼突然說這些？」

「不是突然……」我扯了謊：「我想很久了。」

「你是要跟我分手嗎？」

「就……對。」

「你喜歡別人了？還是被別人發現了？你說清楚！」

「妳不要多想，先把書讀好吧！就這樣了。」

「等一下……你……」

掛上電話以後，我幾乎能想見在電話彼端的她，錯愕又驚惶的表情。我不想和她多說，因為擔心她會為了爭取我們之間的感情，去找趙詩涵理論，或者做出更不可收拾的事情來。無論是對我或對她，都會得到不可預期的傷害。

TingTing：你始終沒有把話說清楚，為什麼？

TingTing：為什麼？

TingTing：如果是因為別人的威脅，我們能不能從長計議？

之後，為了怕趙詩涵繼續追查，我都不再回宋玉婷的訊息，在學校也不與她單獨見面。事件還是毫無預警地爆發了。

我壓根忘了處理我和宋玉婷放在私人社群網站上的親密照，不久後莫名地遭到盜用，裡面的照片傳遍了整個三年C班；同時，趙詩涵要求我和宋玉婷分手的訊息，也被傳到宋玉婷那裡去了。

宋玉婷將所有的事件全部和趙詩涵串聯在一起。

她認為一切都是趙詩涵做的。

聽說，她在宿舍裡把趙詩涵痛打一頓，像發瘋一般，把那個嬌滴滴的千金小姐打得不成人形。

宋玉婷豁出去了，一種「反正都是要死，不如就來個玉石俱焚吧」的態度，包括她在校長室接受審問時，唯一說的那一句也是：「我不過就只是想要愛而已，我沒有害人，為什麼必須在這裡接受審判？」

太傻了。人沒有愛情，還是可以活下去；但沒有未來，妳要怎麼走下去？

我不教書，還有很多事可以做，本來得到正式教師的資格也就是無心插柳的事，可是宋玉婷呢？不讀書的話，她可以做什麼？

可惜，人在十八歲的時候，總是想不到這些。

那個時候，我知道自己已經沒望留在學校了，就盡量把責任往身上攬，為宋玉婷止血，至少讓她還能繼續讀書。而後，我付出高昂的違約金，並應允配合所有學校要求的事項。

她最後留給我的，是一雙木然而空洞的眼；而我最後留給她的，是一句：妳的未來不值得為愛情葬送。

然而那晚，她葬送了自己。

啊，菸沒了，要去買新的了。

回憶這種東西，隨著菸頭點燃時浮現，也應該在熄滅後與煙霧一同散去。一直留在心口，對活著是一點幫助也沒有的。

三年C班學生　李又唯

嗨，我是大傳系一年級的李又唯。想知道什麼校園八卦，找我就對了，無論是哪個教授的私生活，還是哪個系的班對有什麼不可告人的祕密，只要能成為勁爆話題，我都有辦法查出來。喔，在我拿到記者證，正式成為八卦記者之前，都不收費喔！怎樣，夠朋友吧！

對啊，我是誠宜高中畢業的，就是那個貴森森的貴族學校。欸？你也知道之前發生的命案？我跟你說，我跟那些死掉的人同班喔！

什麼？你看不出來貴族女校的女生會這麼恐怖？拜託，你根本不了解女人，女人的殺機都是暗著來的，那些貴族禮儀教育只是拿來包裝邪惡用的，她們就是要殺你個措手不及啊！死了四個人，除了知道有人下毒之外，其他的到現在都還查不到，你說女人可不可怕？沒事可不要招惹女人啊！

既然你對這話題滿有興趣的，那我就再告訴你一個祕辛好了。殺人事件之所以會展開，是因為一起師生戀，和老師交往的學生，懷疑自己的好友把這祕密說出去，才下毒自殺又殺了對方。對啦，這些新聞都有說過，但你不知道，最先發現祕密的是我吧？

不過說來也是巧合，不知道當時是誰把存有那對師生親密照的隨身碟放進我書包裡，我猜是放錯了，但好險是放在我這，不然就沒法和大家分享了。那麼有趣好玩的八卦，對於忙著準備考試的高三生來說是多大的娛樂調劑啊，所以我用假帳號把照片傳給好幾個同學，事件很快就傳開了。不是我在說，我對熱門話題的敏銳度真的很高。

啊，你說可能是我把照片傳出去，才會導致命案發生？拜託，你怎麼會有這種想法？若要人不知，除非己莫為，如果那個同學不去和老師搞什麼戀愛的話，怎麼會有把柄被人家講？而且，大眾有知道真相的權利啊！

但我真為這件事挨了一個大過，就因為最先把照片發出去的是我，其他事後瘋傳的人都沒事，想想也是滿衰的。往好處想，總算有達到「分享」的目的，我也不計較了啦！

怎麼樣，還想不想聽其他八卦，關於這起命案？我當然還有很多「料」囉，我可是包打聽李又唯欸！

命案事件過後，那間602寢室就一直是空置的，沒有安排其他人住進去，但也開始傳出各種奇奇怪怪的鬼故事。比如在接近案發當晚的時間，會聽到空無一人的602寢室內傳出哭聲，靠近確認時，又安靜了下來；有人半夜會夢遊走到602寢室的大門口，不停用頭撞門，直到被人發現時，都已經頭破血流了，可是受傷的人在清醒之後卻一點印象都沒有；好像還有幾個膽子大的女生，晚上偷偷從窗戶爬進602寢室內探險，雖然沒有在室內發現什麼異狀，但隔天每個人都生了一場大病，好幾天都不能上課。

更可怕的是，臨近602寢室的604寢室內不久後也發生自殺事件，有個學妹趁白天上課時溜回宿舍，在房間內上吊自殺。雖然學校一直強調，那位學妹患有思覺失調症，一時想不開才會尋短見，但卻有更多人認為，這和602寢室內的冤魂詛咒脫不了關係。後來，網路上也有文章出現，說這是「602寢室的死者回來抓交替了！」

學校雖然明令禁止我們討論與命案有關的話題，還是阻止不了私底下的各種傳言。而且，隨著靈異怪事一件件出現，602寢室成為了大家口中的「猛鬼寢室」，甚至出現了各種不同版本的故事。這個話題火熱到，連網路熱門的靈異論壇上，都被瘋狂討論。

我當然知道哪裡可以看得到這些鬼故事啊，來，這是我的LINE，你先加我，我等下就把網址給你。當然，如果你有什麼有趣的八卦，也一定要告訴我喔！

國家圖書館出版品預行編目資料

第五證人 / 寧悅淩作 . -- 1 版 . -- 臺北市 : 城邦文化事業股份有限公司尖端出版 : 英屬蓋曼群島商家庭傳媒股份有限公司城邦分公司發行 , 2021.12
面 ; 公分
ISBN 978-626-316-272-3 (平裝)

863.57　　110017207

逆思流
第五證人

著　　者／寧悅淩　繪　　者／Nuda
執 行 長／陳君平　美術總監／沙雲佩　國際版權／黃令歡、高子甯、賴瑜妗
榮譽發行人／黃鎮隆　美術編輯／李政儀　內文排版／謝青秀
協　　理／洪琇菁　執行編輯／丁玉霈　文字校對／施亞蒨

出　　版／城邦文化事業股份有限公司 尖端出版
台北市南港區昆陽街十六號八樓
電話：（〇二）二五〇〇—七六〇〇
傳真：（〇二）二五〇〇—二六八三
E-mail：7novels@mail2.spp.com.tw
發　　行／英屬蓋曼群島商家庭傳媒股份有限公司城邦分公司 尖端出版
台北市南港區昆陽街十六號八樓
電話：（〇二）二五〇〇—七六〇〇（代表號）
傳真：（〇二）二五〇〇—一九七九
中彰投以北經銷／楨彥有限公司（含宜花東）
電話：（〇二）八九一九—三三六九
傳真：（〇二）八九一四—五五二四
雲嘉經銷／威信圖書有限公司 嘉義公司
電話：（〇五）二三三—三八五二
傳真：（〇五）二三三—三八六三
南部經銷／威信圖書有限公司 高雄公司
電話：（〇七）三七三—〇〇七九
傳真：（〇七）三七三—〇〇八七
香港經銷／城邦（香港）出版集團有限公司
香港灣仔駱克道一九三號東超商業中心1樓
電話：（八五二）二五〇八—六二三一
傳真：（八五二）二五七八—九三三七
E-mail：hkcite@biznetvigator.com
新馬經銷／城邦（馬新）出版集團 Cite（M）Sdn. Bhd.
E-mail：cite@cite.com.my
法律顧問／王子文律師 元禾法律事務所
台北市羅斯福路三段三十七號十五樓
二〇二一年十二月一版一刷
二〇二四年三月一版四刷

郵購注意事項：
1.填妥劃撥單資料：帳號：50003021戶名：英屬蓋曼群島商家庭傳媒(股)公司城邦分公司。2.通信欄內註明訂購書名與冊數。3.劃撥金額低於500元，請加附掛號郵資50元。如劃撥日起 10～14日，仍未收到書時，請洽劃撥組。劃撥專線TEL：(03)312-4212 ・ FAX：(03)322-4621。E-mail：marketing@spp.com.tw